LE BONHEUR DE FAIRE L'AMOUR DANS SA CUISINE ET *VICE*-VERSA

Paru dans Le Livre de Poche :

DÉSIRS

DEVI

L'HOMME FATAL

LES HOMMES, ETC.

L'INIMITABLE

LA MAISON DE LA SOURCE

LE NABAB

SECRET DE FAMILLE

IRÈNE FRAIN

Le bonheur de faire l'amour dans sa cuisine et vice-*versa*

FAYARD

ISBN : 2-253-09947-3 – 1re publication – LGF
ISBN : 978-2-253-09947-5 – 1re publication – LGF

Au Sultan.

« La société des femmes gâte les mœurs et forme le goût. »

MONTESQUIEU, *L'Esprit des lois*.

1.

De l'attraction érotique des cuisines ; et du ménage à trois entre la nourriture, le désir et la parole

La cuisine est le sexe de la maison. Certains corrigent : son âme. Et si l'âme avait élu domicile dans le sexe ? Je ne suis pas loin de le penser. Après tout, les théologiens sont restés très flous sur la localisation de cette hypothétique parcelle du feu divin. Donc, âme ou pas, je maintiens : cuisine, sexe de la maison.

*

Sexe féminin. Matrice. On a fait longtemps comme si elle n'existait pas. Affaires domestiques — au sens le plus péjoratif du terme : subalternes. Intimité plus ou moins souillonne. Souillarde. Bas-ventre de la maison. Basse-cuisine, comme on disait aussi : *bas morceaux*, *voie basse*. Affaires utérines.

L'explication ? Cuisine, lieu géniteur. Générateur de l'espace domestique. Constamment en veille. Entièrement voué à l'instinct de conservation. Quand la maison s'en retrouve privée, elle ressemble à un corps castré. Si d'aventure il manque une chambre, on peut toujours caser un matelas dans un coin. Un divan, dans un angle de salon ou de salle à manger. Sans cuisine, la maison entre aussitôt en asphyxie. Les rythmes inaperçus de nos heures, leurs mouvements inconscients et microscopiques se font subitement erratiques. Anéantie, l'impression de refuge que nous procure à l'ordinaire le temps domestique. La maison part à la dérive. Plus d'évier, plus de réfrigérateur, plus de réchaud : cela a suffi pour que s'enfuie la vie.

*

Je l'ai compris il y a peu : pendant près de deux mois, à cause de travaux, j'ai dû me passer de cuisine. J'allais de-ci de-là, empêtrée par les caisses où se retrouvait entassé le contenu de mes placards. Agacée de l'installation, dans la salle à manger, du four à micro-ondes. Exaspérée par l'obligation, à tout bout de champ, d'aller remplir bouilloire ou casseroles au robinet d'un lavabo. Et le regard heurté en permanence par les plateaux surchargés de vaisselle sale qui s'entassaient entre canapés et fauteuils. À chacune de ces courses vers l'eau ou la chaleur, je marmonnais la même phrase : « Je campe... »

À croire qu'on m'avait chassée, renvoyée de force sur les libres chemins de nos ancêtres nomades. En réalité, j'étais seulement une sédentaire dépaysée au cœur de mon lieu le plus familier. Égarée, frustrée. Complètement désorientée.

Je me revois encore prise à l'improviste de mouvements incohérents, cherchant mécaniquement la cuisine et m'arrêtant soudain au beau milieu du couloir qui y mène : « Mais non... » ; et, dans l'instant, je revenais sur mes pas. En maugréant, cette fois, contre moi-même : pourquoi ce manège de boussole affolée ? J'étais donc dépendante de repères aussi prosaïques que l'évier, le réchaud, le four, la gueule lumineuse et froide du réfrigérateur ? Comment m'étais-je retrouvée esclave de ces balises tellement infimes que j'avais ignoré, jusqu'à ce jour, qu'elles me rassuraient et m'apaisaient ? Et si tel était leur rôle, pourquoi s'étaient-elles faites à ce point discrètes, secrètes ? Pourquoi ne les avoir jamais ressenties au clair de ma conscience, elles qui soudain m'apparaissaient comme essentielles, fondamentales ?

Simultanément, je m'apercevais aussi que je vivais ces travaux dans ma cuisine comme une intervention chirurgicale. Une opération dans le corps-maison — c'était aussi mon propre corps.

*

Enfin, n'exagérons rien : je n'étais pas au martyre. Mais j'étais, comment dire ? constamment encombrée de moi-même ; et, au fil de ces journées qui me parurent interminables — je vis le plus clair de mon temps chez moi —, je finis par comprendre que mes mouvements, comme les allées et venues de tous ceux qui passaient mon seuil ou vivaient sous mon toit, étaient l'irrigation secrète de mon espace domestique. Mon malaise venait de ce que ce système circulatoire ne fonctionnait plus.

Cette gêne me rappelait aussi un phénomène bien connu des mutilés : après leur opération, ils continuent, dit-on, de sentir les os, nerfs, muscles, tendons de la main, du bras ou de la jambe qu'on vient de leur couper. Dans mon corps à moi, tout continuait d'appeler la cuisine, la moindre de mes soifs, mes plus petites faims. Mécaniquement, elles me ramenaient dans le couloir qui conduit au générateur de la maison.

Sous l'effet de ma frustration, je remarquais aussi qu'en une seule journée, j'étais traversée d'un nombre surprenant de désirs infinitésimaux. Petits riens. Si tyranniques, cependant, qu'ils étaient presque tout, dans ma vie domestique. Jusque-là, je n'en avais jamais remarqué ni la fréquence ni l'étonnante intensité.

Et toute cette exaspération pour la seule privation momentanée d'une pièce assignée à des objectifs purement fonctionnels : entreposer les vivres, préparer de quoi manger chaud, boire frais, conserver des aliments en toute sécurité, offrir simultanément un point d'eau et une source de chaleur... Jusqu'à ces travaux, j'avais vécu chez moi comme n'importe quel sédentaire occidental : la pièce-cuisine y va de soi. Comme la plupart des habitants des pays riches, je n'aurais jamais choisi d'habiter un lieu qui en soit dépourvu — en dehors d'une chambre d'hôtel et à la condition, d'ailleurs, que la situation ne s'éternise pas. J'avais beau répéter : « Je campe », l'image était spectaculairement impropre : je n'avais nullement recouvré la liberté nomade, puisque je continuais d'habiter chez moi, engoncée entre mes quatre murs...

C'était bien là ma gêne. J'étais sans feu, oui. Mais toujours rivée au même lieu.

*

Et comme l'absence subite d'un être aimé conduit par surprise à mesurer la force d'un attachement, puis à chercher ce qu'il peut bien avoir de tellement unique pour qu'on se retrouve noué à lui dans une si flagrante évidence, j'ai commencé à chercher, en aveugle qui tâtonne, les contours de mon « bonheur-de-cuisine ». À ce moment-là, je n'avais qu'une seule certitude, aussi impérieuse que mon désir de le ressusciter au plus vite. Et maintenant que je l'ai retrouvé, cette conviction ne me quitte plus : j'ai toujours associé la pièce-cuisine à l'amour.

*

Durant ces deux longs mois de gêne, j'ai aussi compris qu'à mon insu j'y passais beaucoup de temps. Pas nécessairement pour me mettre « en cuisine » et concocter, des heures durant, des repas fins ou compliqués. Non, tout simplement, j'aime à m'y installer pour quelques minutes ou un bout d'heure. Et j'ai toujours été ainsi.

Ce n'est pas un rituel. Nulle règle là-dedans. Petit-bonheur-la-chance. Il me tombe dessus sans que je sache pourquoi, comme ça. Bon plaisir. Je le trouve sans le chercher, sans y penser. Au seul gré de la vie qui va. En me laissant porter par la pulsation secrète du corps-maison, qui me reconduit toujours, comme par fatalité, jusqu'au seuil de sa pièce la plus vivante, la plus intime. Et pourtant la plus commune, la plus partagée.

Ce qui ne m'empêche en rien de m'y livrer à toutes sortes d'activités parfaitement solitaires, et qui n'ont rien de culinaire : lire, téléphoner, rêvasser, griffonner, bavarder. Dès que je rentre dans ma cuisine, même lorsque je suis seule, je me sens plus aimante, plus aimée. C'est là, et pas ailleurs, que je parviens à remonter le fil vers ce que j'ai de plus ignoré de moi-même. Régions oubliées ou perdues de vue. Quand je m'y trouve, je m'y retrouve ; je m'abandonne aveuglément à ce que m'offre la matrice-cuisine : cette sensation immédiate d'intensité, de lien.

*

Pendant ces semaines de frustration, je me suis souvenue aussi que la plupart des conversations qui ont compté dans ma vie — confidences, disputes, réconciliations, colères, explosions de joie —, les mots qui en ont infléchi le sens et le parcours, ses choix, ses refus ont été prononcés dans des cuisines. Comme si cette pièce était douée d'un talent unique pour faire éclore les mots. Pour conjurer la cruelle incohérence du réel. Pour apaiser cette autre soif, cette autre faim : donner sens.

*

Je l'avais déjà remarqué dans la Bretagne de mon enfance, lors des visites des parentes ou amies de ma mère. Sur la toile cirée de la table de cuisine, on versait alors, dans un verre en Duralex, un de ces cafés clairets qu'on appelle de nos jours « café allongé » ; les femmes ne l'avaient pas sucré qu'elles se mettaient à confier le plus intime de leur vie : grossesses, fausses couches, règles erratiques, liaison d'une voisine. Par des mots aujourd'hui oubliés — *perte*, *fréquenter*, *relevailles*, *retour d'âge*. Faute d'en saisir, malgré tous mes efforts, l'exacte signification, je m'imaginais que c'était, depuis sa place au centre de la table, la haute cafetière à long bec qui, telle une bienveillante déesse de la féminité, orchestrait ce long concerto de confidences, souvenirs, angoisses mis en mots. J'avais l'impression qu'à mesure qu'elle se vidait, par un curieux système de vases communicants, la cafetière aspirait, avalait tous ces tracas.

Car je voyais bien aussi que les femmes avaient le pas plus sûr quand elles quittaient la cuisine et s'en retournaient chez elles, délestées de leurs soucis de chambre : ces hommes qui les engrossaient ou ne les touchaient plus, rentraient tard, flambaient leur paye au comptoir des bistrots, perdaient leur temps sous les jupons de la fille d'à côté. Ainsi, grâce aux paroles-de-cuisine, les femmes parvenaient à se garder de la pire des erreurs : le désespoir.

*

Bonheur de femmes, entre femmes. Mais la matrice-cuisine sait aussi très efficacement faire parler les hommes. La police le sait, qui a baptisé ses savantes méthodes d'inquisition verbale du verbe « cuisiner ».

*

Marque indiscutable du lien qui enchaîne la métamorphose des aliments et le surgissement de la vérité, signe évident des affinités électives entre la parole et le lieu où se déroule, entre point d'eau et source de chaleur, la transformation des vivres. Mais pourquoi le sexe, alors, accouplé lui aussi à la cuisine, pourquoi le désir ? Pourquoi ce ménage à trois ? Pourquoi la cuisine comme chambre des vérités ?

*

J'ai bien écrit : *chambre*. Alors que je parle de cuisine. Et qu'il n'est pas de pièces qui semblent plus opposées.

Dans le plan des maisons, du reste, le plus souvent on les éloigne, question d'odeurs, soutiennent les architectes ; nécessaire proximité, ajoutent-ils aussi, de la salle à manger. Mais ces choix d'agencement sont aussi une façon inconsciente de souligner à quel point la nature de la chambre et celle de la cuisine sont parfaitement hétérogènes. La preuve : on ne mange dans sa chambre que si on est à l'hôtel ; ou, chez soi, malade. À moins qu'on ait les moyens de se faire servir au lit par un domestique, un compagnon dévoué — encore, le plus souvent, n'y consomme-t-on que le petit déjeuner.

La cuisine, elle, est beaucoup plus dessalée. Le sexe ne s'y pratique qu'à l'occasion, mais il ne l'embarrasse nullement : la cuisine admet sans faire de chichis qu'on s'y fasse embrasser, caresser, peloter, trousser. Elle se délecte des préambules, elle peut soutenir les conclusions. Par son inadaptation même à la position étendue, par la fermeté de ses matières et la simplicité de ses meubles, elle pimente l'affaire du plaisir de la contrainte en obligeant aux plus hussardes positions. Il y rôde alors de la férocité. De la force, en tout cas. Souvent du rire, de la joie. En somme, la cuisine est gaillarde.

Alors que dans la chambre sont endormis tous les possibles : des tendres câlineries aux plus acrobatiques figures du corps-à-corps, le désir ne sait jamais d'avance ce qu'il y fera de lui-même. Si claire, si vaste soit-elle, il y a toujours de l'étroit dans la chambre ; toujours de la nuit. En plus du sexe et de sa constellation de fantasmes, son intimité abrite ce plus grand mystère qui les englobe et recueille : le sommeil. Avec ces heures étranges au cours desquelles nous nous perdons de vue. Où le Temps nous échappe, comme nos battements de cœur. Où nous parlons tout seuls la langue première et énigmatique des rêves.

Et cela se sent d'instinct : au moment d'entrer dans une chambre qui n'est pas la sienne, on ralentit le pas, soudain on baisse la voix. Comme aux marches des églises. Comme si une force inconnue, une puissance sacrée venait nous avertir que tout ce qui se vit et se dit, dans la chambre, est entouré d'obscur. Cerclé de notre part de folie. Le noyau de la chambre, c'est l'inconnu, le danger. Le langage muet des corps. La sécrétion. Notre plus secret.

Aussi, la plupart du temps, avant d'en arriver au lit, on parle.

*

J'ignore depuis quand les codes sociaux imposent qu'une ingestion commune de boisson ou de nourriture constitue les préludes quasiment obligatoires de la copulation. Je constate seulement que, dans le parcours séductif, et malgré les progrès récents de la barbarie amoureuse, il demeure quasiment impossible de brûler l'étape orale. Généralement, pas de pantalon brutalement débraguetté, pas de petite culotte baissée à l'impromptu. Après sa révélation hormonale, le désir a besoin de sortir de sa muette solitude ; il lui faut, comme on dit, *se déclarer*. C'est-à-dire se métamorphoser en discours amoureux.

Or le désir choisit très fréquemment de se découvrir au-dessus d'un verre ou d'une assiette, aliments liquides ou solides qui sont eux-mêmes le produit d'une métamorphose. À croire qu'à se raconter en approchant ses lèvres, sa langue d'un plat ou d'une boisson, le désirant cherchait déjà à goûter, avant même le premier baiser, d'un peu du sexe de l'autre supposé désirant... Tout au long de ces préliminaires, la parole ne cesse de s'interposer entre les deux corps en train de boire ou mastiquer. Le langage joue les aphrodisiaques, il cherche à rivaliser avec l'alcool qui échauffe les muqueuses. « Mots qui grisent, mots qui enivrent », comme le rappellent fréquemment les chansons populaires...

Copulation alimentaire et langagière où s'anticipe à distance le mélange des chairs. Où s'exorcise le danger qui accompagne toujours, même dans l'ombre d'une chambre aux volets hermétiquement clos, la mise au clair de l'appétit sexuel. La nourriture facilite la parole ; la parole prépare au sexe. La partie fine a déjà commencé avec ces deux concélébrants qui poussent l'homme et la femme à quitter le champ ambigu, nébuleux de la cordialité, de l'affection, du refoulement ; enfin des inquiétudes que ressuscite immanquablement le désir.

*

Je brûle d'employer ici une première image culinaire : si, entre les désirants, la parole forme lien, la nourriture, elle, officie comme liant...

*

Freud assurait qu'au lit, quand un homme et une femme couchent ensemble, ils ne sont pas deux, mais quatre à s'agiter sur le lit, si l'on compte les créatures fantasmatiques qu'ils projettent sur leur partenaire. Je suggère en ajout que, le reste du temps, dès lors qu'ils partagent, ne serait-ce que très fugacement, un espace domestique, l'homme et la femme se retrouvent nécessairement saisis, à un moment ou à un autre, par la force d'attraction, à la fois langagière et alimentaire, de la cuisine. C'est alors qu'ils finissent, durant quelques minutes, quelquefois pour des heures, par faire ménage à trois.

*

Même quand le désir est assouvi. Instants précieux aux amants que ces minutes où la conversation continue d'épicer l'instant à la façon d'un troisième corps interposé entre les leurs.

Que la nappe précède les draps ou qu'elle les suive, je savoure alors la chair du discours amoureux comme le chocolat de mon enfance, à petites bouchées, quand je réclamais, alors même qu'il n'en restait plus : « Encore, encore... »

*

Autant le dire maintenant : j'ai toujours érotisé cette pièce ; et me revient ici, une fois de plus, comme par réflexe, la cuisine de mes premières années, avec la toile cirée dont j'ai parlé tout à l'heure. Aux lignes que je trace en ce moment je superpose celles que, vers cinq ou six ans, j'apprenais à former au porte-plume sur un « cahier de devoirs ». Entre sa couverture et la toile cirée, on intercalait rituellement, pour éviter que l'austère cahier ne se salisse, un morceau de papier journal.

Je travaillais presque toujours au plus près du fourneau, comme aimantée par la chaleur de ses plaques de fonte ; ma plume déroulait sous les vapeurs des marmites ses tentatives pataudes, ponctuées de ratages dont le nom fleurait lui-même la cuisine : les *pâtés*. Selon les jours, la pièce sentait les épluchures fraîches, les légumes bouillis, le crabe, le tapioca au lait, le pot-au-feu, la soupe de poisson, les artichauts, les crêpes, les confitures, l'entremets Francorusse. Les jours d'anniversaire, je levais le nez de mes pages pour ne rien perdre de la confection de ce qui m'apparaissait alors comme le summum des délices, un dessert aujourd'hui oublié, le nègre-en-chemise. Mais je me rappelle surtout que, dès que ma mère avait le dos tourné, j'allais chiper dans la niche où on l'entreposait, en haut du buffet à gauche, dans une boîte en fer-blanc, des carrés de chocolat — il fallait les casser à toute vitesse sans faire vaciller la chaise où je m'étais juchée. Et je retournais à mes lignes d'écriture en tâchant de faire fondre mon petit butin dans ma bouche le plus lentement que je pouvais. Le chocolat n'avait bientôt plus de goût. Je finissais par le déglutir. En m'étonnant qu'à chaque fois ma petite volupté secrète connût invariablement la même fin : après un zénith de jouissance, cet anéantissement soudain dans la non-sensation. Une sorte de mort sur quoi ma volonté n'avait pas prise. Malgré le piment de l'interdit.

Première expérimentation du principe de plaisir.

*

Sous la même poussée vagabonde des associations d'idées, ma mémoire enchaîne à cette cuisine d'enfance une cuisine de cinéma, la plus érotique que je connaisse, celle de *La Route de Madison*, où la belle Francesca (Meryl Streep), au plus près de la table et du réchaud, s'enflamme pour Robert (Clint Eastwood) dont la longiligne silhouette semble traîner après soi tous les mystères de l'homme nomade. Premier soir, celui des récits : le photographe errant raconte son rêve de se fixer et d'oublier la fatigue des routes, des amours de passage ; elle, la belle sédentaire engluée dans cette ferme du fin fond de l'Iowa, laisse filtrer son regret de n'avoir rien vécu — vraiment vécu. Ainsi, au fil des paroles-de-cuisine, surgit la vérité de leurs deux existences. Tandis que chacun commence à dessiner à l'autre la figure de son attente, le triangle évier-réfrigérateur-réchaud se resserre autour du couple jusqu'à former une figure de la fatalité amoureuse. Instant de vérité, vérité de l'instant : chacun sait déjà qu'avec ces paroles-de-cuisine c'est le désir qui se dit ; chacun pressent qu'à la première occasion ils seront amants.

Et c'est la femme, bien sûr, qui prend les devants. Aiguillonnée par la vérité, la liberté de ce qui vient de se dire, et comme si leur sincérité réciproque avait déclenché et annoncé celle qui se déploiera en même temps que les corps à nu,

Francesca, dès le lendemain, accélère le cours du destin : elle invite Robert à « dîner à l'heure où s'envolent les phalènes ». Ce soir-là, le triangle table-évier-réchaud se rétrécit encore autour des deux protagonistes : l'amoureuse n'a pas enfourné son rôti qu'elle se retrouve à danser avec son convive. Plus averti qu'elle des irrémédiables fractures que peut dessiner dans une vie le passage du désir, il veut alors, d'un mot, tout arrêter. Mais ce mot n'est pas la vérité de son corps, et le remède est pire que le mal : tout lui échappe, décidément, dans cette cuisine où une femme, rien qu'en se déplaçant du robinet au buffet, de ses placards à la table et au four, s'est déjà tellement plus livrée à lui que s'il l'avait déshabillée. Aussi la phrase qu'il prononce est-elle une invite plus fatale que l'étreinte qui va suivre : « Si vous voulez m'arrêter, il faut le dire maintenant. »

Elle ne l'arrêtera pas — impossible. Désormais, c'est le silence qui parle. Toute-puissance érogène de la matrice-cuisine.

Et le surlendemain, au moment où, pressentant déjà que Francesca choisira son mari, Robert se met à justifier son départ, même cuisine comme théâtre de la dispute, et mêmes répliques définitives : « Je ne veux pas avoir besoin de toi puisque que je ne peux pas t'avoir... » Jusqu'à la rupture qui se scelle entre la table et le réchaud sur des déclarations à nouveau sans retour : « Ne nous perds pas, je t'en prie. Je ne l'ai jamais dit à personne, mais ce genre de certitude, dans une vie, ne peut se produire qu'une seule fois. »

Drame banal de ceux que la vie sépare pour des raisons identiques à celles qui les avaient unis. Et comme dans toutes les tragédies, fussent-elles intimes, plus moyen de revenir en arrière : après le départ de l'amant, la vérité continue de parler dans la cuisine de la femme qui a choisi — héroïsme ou inconscience — son terne mari contre l'homme dont elle s'était éprise. Observant sa cuisine à nouveau plombée par l'habitude, et revoyant, à la place de son époux, l'incandescente présence qui, quelques heures plus tôt, l'avait si violemment illuminée, Francesca s'entend penser : « Comme j'aurais voulu partager ceci avec lui : le quotidien. »

*

Vivre avec : horizon de tous les amants, qu'ils le refusent ou qu'ils en rêvent, qu'ils le réclament ou le redoutent. La cuisine après le lit, voilà l'enjeu. Le partage quotidien des aliments, avec unité de lieu.

*

Au hasard des conversations entre femmes, j'entends souvent le lamento des amoureuses, la sempiternelle plainte de celles dont la passion s'englue sur le canapé d'un bureau, ou dans le cinq-à-sept clandestin d'une chambre d'hôtel. Conclusion d'une constance étonnante : « Nous n'avons pas de lieu à nous. » La passion peut être réciproque, le désir intact, la conversation amoureuse au rendez-vous de chaque rencontre, il manque à l'amante un tout petit quelque chose, assez puissant, malgré son caractère impalpable, pour lui boucher l'horizon.

Je me demande si, dans nos maisons et nos appartements, ce n'est pas ce ténu « petit quelque chose » que nous rappelle à chaque instant la présence d'une cuisine ; et dont sont dépourvus précisément ces lieux sans feu que sont la chambre d'hôtel ou le bureau où s'improvisent si souvent, de nos jours, les figures du désir clandestin, au lieu des bosquets, mottes de foin et frais gazons des bergères d'antan.

Autrement dit : impossible de vivre d'amour et d'eau fraîche. On a beau dire, il faut aussi des plats chauds.

*

Rien que pour l'essor des rêves. Après celle de Meryl Streep, j'aime à revisiter cette cuisine de pellicule où, tout au long de sa *Journée particulière*, accablée de vaisselle et de linge sale, Sophia Loren s'imagina l'amour en rêveuse si bien habitée par ses fantasmes qu'elle n'en entendit plus le sinistre déferlement des fanfares de ce Duce que, cependant, elle adulait...

Si songeuse aussi qu'au milieu de l'après-midi, elle en tomba dans les bras d'un homme (Mastroianni) dont le goût n'était pas celui des femmes ; lequel, pris sous la répression fasciste pour ce motif même, fut contraint de la fuir dès l'arrivée du soir.

*

Cuisines si promptes à déchaîner l'imaginaire féminin, à l'emmener si loin, au fil des tâches les plus humbles. Les hommes, pour nous comprendre, devraient s'en aviser au lieu de s'en tenir aux naïves certitudes de leurs conversations « entre hommes », ces pauvres gauloiseries qui les poussent à chercher entre nos draps, voire dans nos salles de bains et nos tiroirs à dessous chics, nos petits et grands secrets. Mais non, nous avons passé tant de siècles auprès du feu, enchaînées, asservies au nourrissage des clans, lignages, tribus, maisonnées... Et si longtemps nous avons transmis, de mères en filles, de grand-mères en petites-filles et en nièces, sœurs, cousines, amies, la parole-de-cuisine... Mais les hommes n'ont pas voulu savoir, la vérité leur a fait peur, comme d'habitude, ils se sont enfuis dès qu'elle a montré sa face. Aussi, au moment précis où, tantôt volontaires, tantôt contraints et forcés, ils pénètrent enfin dans les cuisines pour y partager les tâches, pourquoi les outils et provisions qui s'y entassent leur demeurent-ils matière inerte et muette, si experts fussent-ils à les manier ? Alors qu'à nous, les femmes, elles continuent de parler si clair, ces choses tellement banales...

Si *popotes*, si *pot-au-feu* : casseroles, bocaux, marmites ; torchons ; ustensiles, plats, couverts ; aliments.

*

Aliment, voici que j'use d'un terme bien morne. Très éloigné, semble-t-il, de l'érogène triangle nourriture-parole-amour dont j'ai tenté tout à l'heure de dessiner les contours. Éros pourtant continue de dormir sous l'écorce de ce mot si terne, il suffit d'en examiner les racines — c'est de là que les mots, comme les légumes, tirent toute leur saveur... Celles du mot *aliment* ont pour voisines tout un bouquet de radicelles latines regroupées autour du même tronc indo-européen initial, **al*, aux variations diverses, **ul*, **ol*, illustré dans toute une série de termes reliés plus ou moins directement à la nourriture comme carburant du développement biologique : al*ma*, la nourrice ; *pr*ol*es*, l'enfant ; *ad*ul*escens*, l'adolescent, jusqu'au moment où celui-ci, bien nourri, devenu grand, de haute taille — al*tus* —, est un homme fait, *ad*ul*tus*, capable à son tour de reprendre le cycle indéfini de la nutrition, de la croissance et de la reproduction. Et d'assurer ainsi, par la sexualité, la pérennité de cet autre corps qui nous transcende : l'espèce.

Donc, pour peu que nous le regardions de près, le terme *aliment* nous relie à la sexualité, puisqu'il associe aussi étroitement l'énergie sexuelle au carburant-nourriture. Évidence derrière laquelle s'en profile une autre, oubliée celle-ci : l'ordre du monde, la loi cosmique ; car les racines du mot nous signifient aussi qu'au-delà des existences particulières, des générations, de l'Histoire et des siècles, chacun de nous rejoint quotidiennement, avec l'obligation de s'alimenter, la même pièce en quatre actes : naissance, croissance, reproduction et mort autour de laquelle, si bref soit-il, s'organise le destin de toute créature animée — la mystérieuse réalité qui transcende la vie de l'individu : le Grand Corps Universel.

*

Au hasard de mes grappillages et épluchages de dictionnaires — j'en suis aussi friande que de mes petits plaisirs de bouche — je tombe fréquemment sur des étymologies dont la poétique simplicité atteste la présence obscure, par-dessous nos mots les plus usuels, de ce que j'appellerai ici « l'inconscient amoureux de la nourriture ». Ainsi, je m'aperçois que *saveur* et *savoir* dérivent tous deux d'une même racine archaïque, **sap*-, qui désigne l'acte de goûter. À elle seule, cette conception indo-européenne démontre que l'*homo sapiens* ne le devint que parce qu'il était un « homo goûteur ». Si l'être humain apprit à discerner, juger, répertorier, connaître, c'est donc grâce à son système gustatif — langue, papilles, glandes salivaires — et à l'appareil olfactif qui s'y trouve relié et sans lequel les aliments, privés de leur odeur, n'ont plus aucune saveur (la fameuse maladie baptisée *agueusie*).

Et si la pensée est née de ces antennes gustatives, l'amour aussi, semble-t-il. La Bible l'avait bien remarqué qui nommait l'acte sexuel *« connaître »*. La civilisation française classique, au moment où elle inventa les codes de la galanterie, ne put manquer non plus de souligner ce lien entre la saveur, la pensée et l'ardeur libidinale ; elle nomma donc *goût* le caprice amoureux : « Le goût qu'elle éprouva soudain pour ce petit chevalier », écrit ainsi l'auteur de *Manon Lescaut*... La langue populaire, en Bretagne, en garde aussi le souvenir : de celui qui éclate d'élan vital, on dit qu'il « a du goût » ; le dépressif, en revanche, « n'a plus de goût ».

Mais sous le vocabulaire des désirants se découvrent nombre d'autres belles endormies. On y retrouve souvent, au moment le plus inattendu, la claire affirmation de ce même lien entre la parole, la bouche et le sexe. À commencer par *amour*, dérivé, on le sait, du latin *amor* où la langue des Romains a conservé la mémoire du premier lien goûteux expérimenté par le petit d'homme : la succulence du suc lacté ; et le sein, son premier vecteur d'exploration du monde. Car cet *amor* qui désignait communément à Rome la dépendance amoureuse créée par le désir était lui-même le fruit d'une onomatopée enfantine : *am*. Celle-là même qui, parce qu'elle est généralement le premier son proféré par les enfants, servit à former l'équivalent romain de notre « maman » : *amma*. *Amour :* au bout de trois millénaires, derrière ces deux syllabes, continue donc de s'entendre le babil affamé de tous les nourrissons du monde quand ils tendent voracement leurs lèvres vers le sein pour y happer et y sucer le premier goût de la vie : *« Am... Am... »*

*

Comme tous les secrets de famille, je le savais sans le savoir : sitôt entrée dans une cuisine, c'est toujours cette présence maternelle que j'ai senti venir à moi. Immense, impérieuse. Souvent gaie. Elle a beau être impalpable, elle me traverse à chaque fois comme une force limpide. C'est de l'allant. Une puissance qui, en permanence, de manière irrésistible, irait de l'avant.

Je le répète, à la porte de la chambre, je flaire le soupir, le souffle coupé, la sécrétion, le sacré, je respire tout l'inverse, l'air de la nuit et du mystère. Au contraire, plus j'approche de la matrice-cuisine, plus mon pas se fait vif, confiant. Comme si j'allais être accueillie par la bouche de la première grotte ; comme si je m'apprêtais à rejoindre, dans cet avatar de l'antre originel, la vieille tribu qui s'y tenait au chaud.

Et qui tenait chaud. Blottie qu'elle était sur son espoir compact, son unique objectif : la survie du groupe.

*

Je suis persuadée de la permanence de cette représentation archaïque au fond de nos inconscients ; et, pour en revenir au ménage à trois entre le désir, la nourriture et la parole, je suis tout aussi convaincue que cette pérennité suffit à justifier le talent extraordinaire des cuisines pour délivrer les conversations amoureuses de la gangue d'inhibitions, de terreurs, d'hésitations et de timidités qui les étouffent si souvent. Dans la cuisine, comme sous la charge d'une pulsion, on est forcé d'aller au vif du sujet. Au cœur des choses. Mieux encore, à leur corps. Dans les paroles-de-cuisine, que la discussion tourne ou non autour des plats et aliments (et, en définitive, on en parle assez peu), c'est toujours de chair, de matière, de substance qu'il s'agit. Celle de la vie.

*

Et pourtant, en un siècle, les cuisines se sont considérablement transformées. Plus de bahuts, plus de garde-manger. Plus guère non plus de tables recouvertes de toile cirée. Fini, les fourneaux qu'il fallait remplir de charbon et de petit bois dès potron-minet, avant de mettre à réchauffer sur leur fonte rude la lame des fers à repasser, comme dans la cuisine du *Festin de Babette*, sous des cuivres alignés en rangs d'oignons et astiqués comme des casques militaires. Volatilisés, les faitouts d'émail ; disparus, les tisonniers, les pelles à feu, les pincettes. Et depuis longtemps aux rayons des antiquités, le frigo profilé par Cadillac où Clint Eastwood alla siffler la bière du mari de Meryl Streep. À présent triomphent le micro-ondes, le kevlar, le silestone, l'inox, la vitrocéramique, le téflon. Depuis la percée des plaques à induction qui dispensent la chaleur sans flamme, le feu lui-même commence à déserter les cuisines. Et cependant, si roides, si frigides, si technologiques soient devenues ces « cuisines équipées », les paroles continuent d'y proliférer. Comme si, marmite de fonte à l'ancienne ou saladier en plexiglas, cuit-vapeur électronique made in Hong-Kong ou chaudron à confitures pieusement briqué dans l'office d'une multiséculaire maison de famille, l'outil culinaire demeurait secondaire au regard de la destination première de la pièce et de sa nature matricielle.

Voilà sans doute pourquoi, même avec un inconnu, l'échange de surface, dans une cuisine, devient quasiment impossible. Pas moyen de trouver refuge dans la conversation mondaine, ni de se livrer à ces causeries si justement nommées « propos de salon ». Très vite les masques tombent. Dans une cuisine, on ne s'embarrasse plus de formes. Directement, on va au fond.

Seule pièce de la maison où l'on oublie aussi spontanément son rôle social. Donc seul endroit où l'homme et la femme, de manière irréfléchie, se défont de leur défroque d'acteurs de la comédie humaine. Sans qu'ils s'en aperçoivent, ils y deviennent la proie de leurs seuls appétits. Au sens le plus large : de leurs désirs — tous leurs désirs.

Avec, bien entendu, leur image inversée : les frustrations. L'emprise de la cuisine est si rapide qu'il leur faut débonder au plus vite toute leur violence secrète. Alors on parle. Comme si la matrice-cuisine, en plus de ses autres dons, exerçait sur les êtres un pouvoir de sommation : celui de forcer l'amour à révéler le secret qui l'habite sans qu'il l'ait jamais su.

Alors on déclare, on confie, on confesse, on rêve, on regrette. Tout haut, on met le désir en mots. Par petites touches ou de but en blanc. Peu importe : dans une cuisine, à un moment ou à un autre, la parole finit toujours par se faire vive, comme l'eau courante. Ardente, à l'image du feu.

*

Oui, je crois que c'est la proximité physique et conjointe de l'eau et du feu qui, dans nos cuisines les plus modernes, continue de faire surgir la parole : ainsi qu'aux temps les plus reculés, l'accommodement des aliments continue d'y être organisé autour de ces deux pôles élémentaires de la subsistance humaine.

Et, dans le mouvement réflexe qui marie d'instinct la parole, les plaisirs du palais et l'appétit libidinal, je lis aussi l'effet de l'énergie virtuellement contenue dans les placards où sont entreposés tous ces aliments et provisions dont les noms d'autrefois — vivres, *victuailles*... — disent assez qu'ils sont chargés de vie. Et qu'on les a entreposés pour l'assouvissement des faims à venir des *convives* au sens archaïque du terme : ceux qui vivent ensemble — nouvel écho du vieux rêve des amants.

*

Mais j'ai beau analyser, traquer, tenter d'emprisonner une bonne fois pour toutes l'essence de ce mystérieux pouvoir dans la cage de la rationalisation, j'en reviens toujours, en définitive, à un rêve enfantin. Identique à celui qui me fascinait lorsque je regardais, dans une terrine, sous la poussée vigoureuse de la cuiller de bois, la farine, les œufs, le lait, le sucre se transformer en pâte à la souple coulée ; puis, dans la poêle fumante, connaître leur dernier avatar avant la dévoration : le disque doré de la crêpe. Animée du même mouvement puéril, je me plais donc à imaginer, dans ce ménage à trois du désir, des aliments et de la parole, une magie à l'œuvre ; et, par analogie avec l'antre des alchimistes, j'aime à prêter à la pièce-cuisine le don de métamorphoser les êtres aussi bien que les aliments.

À ceci près qu'au-dessus du feu et des récipients ce ne seraient pas les mots qui feraient office de formule magique, contrairement à ce qui se passait, dit-on, chez les archimages d'antan. Dans mon fantasme, c'est l'antre lui-même, la matrice-cuisine qui aurait le pouvoir d'extraire le plus pur, le plus secret de l'homme : l'or des paroles — l'or du désir.

*

Aussi le sésame des conversations amoureuses, l'abracadabra qui pousse la vérité à sortir des bouches et qui enjoint les corps, comme les cœurs, à s'y livrer dans le nu de la sincérité, j'aime à l'attribuer, dans la cuisine, à la présence invisible de tout un amas de vieux et invisibles secrets humains, confinés et précieusement entreposés, par l'effet de traditions oubliées des livres, entre ces quatre murs où l'on transforme quotidiennement, et sans même y penser, le froid en chaud, le cru en cuit, le dur en tendre, le sec en souple ou en juteux, l'insipide en savoureux — la mort en vie.

Et cette mystérieuse emprise sur le sexe et les mots pour le dire, je ne peux m'empêcher de la comparer au tour de main du cuisinier ou de la cuisinière quand ils forcent les produits bruts à offrir aux doigts qui les travaillent le meilleur de leurs sucs.

*

J'aime aussi qu'il soit impossible d'y couper, j'aime qu'avec ces paroles-de-cuisine l'histoire d'amour, aussitôt, se trouve spontanément reliée à la chaîne immémoriale d'essais et d'erreurs qui, depuis la nuit des temps, a conduit l'espèce humaine jusqu'à ses présentes délectations de bouche, à force de cuire, saler, sucrer, mariner, assaisonner, réfrigérer à travers les siècles et les siècles ; parfois aussi en apprenant comment laisser moisir et pourrir avant de manger, puisqu'il nous arrive de consommer sans le moindre risque, et pour notre plus grand plaisir, des fromages chancis par le pénicillium, tels le bleu, le gorgonzola ou le roquefort ; ou des viandes exquisément faisandées ; quand nous ne buvons pas des vins, tel le sauternes, dont les délices tiennent à ce *botrytis cinerea* si justement nommé « pourriture noble ». À moins d'avoir lu Lévi-Strauss[1], nous ignorons les mythes, souvent à forte connotation sexuelle, qui ont jalonné, en ces temps extrêmement reculés, le prodigieux voyage du cru vers le cuit, les patients apprentissages qui nous ont appris comment bouillir, boucaner, griller, brûler, conserver. Dans la cuisine, les ali-

1. *Le Cru et le Cuit. L'origine des manières de table.*

ments les plus communs de la survie au jour le jour — brique de lait UHT, baguette de pain, poisson pané, steak haché, boîte de sardines, pot de moutarde, yaourts, paquet de pâtes, céréales pour petit déjeuner, sachet de thé, café, riz, kilo de légumes, fruits en conserves, je me laisse ici porter par le hasard d'une liste dans le catalogue de supermarché que je viens de trouver parmi mon courrier, et que je recopie servilement — sont gros, sous leur épaisse écorce de banalité, d'un monceau d'aventures palpitantes dont le détail s'est perdu : périlleuses explorations maritimes, acclimatation d'animaux ou de plantes sauvages, modifications génétiques par des générations d'opiniâtres jardiniers, intoxications alimentaires, expérimentations animales. Chaque fois que la plate mais impérieuse machinerie de notre métabolisme et de notre appétit nous remet sur le chemin de la cuisine, ce que nous rejoignons, c'est aussi elle, cette longue et obscure histoire qui a façonné nos corps et nos fantasmes. Et, au-delà d'elle, toujours la même vieille matrice tribale : la poche des origines où se déroula, des millénaires durant, la féroce épopée du plaisir.

*

Et, à présent que j'approche la nature de mon bonheur-de-cuisine, je jouis doublement lorsque je sens mes pas chercher une fois de plus à rejoindre le mystérieux courant qui innerve le corps-maison : celui qui me ramène dans la même poussée instinctive à ce lieu de chaleur et de paroles où la vérité a le don de si souvent débouler, crue et nue, à l'impromptu, droit sortie de son puits. Ces temps premiers où hommes et femmes n'en revenaient toujours pas d'être devenus, à force d'acharnement à survivre, fils et filles du feu.

2.

De quelques voluptés culinaires transgressives au regard du politiquement correct

Je me suis parfois étonnée du mouvement qui me pousse, lorsque j'ai un coup de blues, à aller écumer (nouvelle image culinaire...) les rayonnages où l'on vend des batteries de cuisine, au lieu, comme tant d'autres femmes, d'aller de boutique en boutique pour essayer des vêtements. Cette fièvre subite n'est pas toujours acheteuse. Lors de ces descentes, je me contente souvent de soulever, caresser et palper les articles proposés à la clientèle en m'émerveillant à chaque fois de la diversité de leurs formes et matériaux. Il arrive aussi que je m'étonne de leur beauté ; elle peut m'émouvoir assez pour me pousser à acquérir des objets parfaitement loufoques que je rapporte chez moi, comme les autres, avec un contentement inouï. Par la suite, comme on imagine, j'en fais peu usage. Je crois, par exemple, n'avoir usé que deux fois de ces pinces individuelles à faire jaillir, sur les huîtres ou le tarama, le jus des quartiers de citron. Difficiles à manier et rigoureusement superfétatoires — on se débrouille tellement mieux avec les doigts ! —, elles m'avaient séduite pour leur seul dessin : lorsqu'elles sont refermées, elles figurent un joyeux poisson en goguette. Achat compulsif : il a beaucoup fait rire autour de moi. Ce qui m'a un peu morfondue ; comme si j'avais été prise en faute, je ne suis jamais parvenue à le justifier que par des argumentations confuses et, avouons-le, plutôt embarrassées.

*

J'ai essayé de savoir s'il était des hommes atteints du même petit travers. À ce jour, je n'en ai rencontré qu'un seul. Pour tout dire, je doute de la sincérité de son aveu. Je n'ai pas pu la vérifier ; et ce n'est qu'après que je lui eus confessé moi-même ma menue perversion qu'il m'a confié en être lui-même affecté. C'était un séducteur ; et, toutes les femmes le savent, c'est une ficelle éculée de la drague masculine que de s'inventer, au moment des approches, des complicités providentielles qui autoriseront ensuite les plus intimes rapprochements. Je lui aurais avoué une passion pour le bricolage qu'il m'aurait aussitôt proposé, en guise de roucoulade préliminaire, une visite au rayon boîte à outils du premier hypermarché...

Tout de même, il m'a un peu émue, celui-là, avec sa tirade enflammée sur les mixeurs, centrifugeuses, fours à vapeur, friteuses et rice-cookers, puis par sa péroraison sur les vertus comparées de la cuisson au gaz et sur vitro-céramique. Il m'a ensuite juré avec le même aplomb que ses expéditions quincaillères avaient sur sa psyché le même effet que sur la mienne : un extraordinaire pouvoir antidépresseur. J'ai été à deux doigts de le croire ; mais, dans son discours érotico-culinaire, il manquait, à mon goût, un petit quelque chose. Sans parvenir à me l'expliquer, j'ai eu l'intuition qu'il approchait très rarement ses fourneaux ; et qu'il ne s'était complu à décrire sa fixation sur les batteries de cuisine que par opportunisme, aux fins de passer au plus vite au vif du sujet — je voyais bien lequel. Ce n'était pas mal joué. Mais justement, c'était joué ; et les dés étaient pipés. J'ai donc changé de conversation. Il a aussitôt compris le pourquoi de mon esquive, et nous en sommes restés là.

*

Pour autant, l'homme était subtil, il avait bien saisi ce qui m'attirait dans les rayons cuisine des grands magasins. Sans que j'aie eu besoin de m'étendre sur la question, il avait compris d'où venait le profond apaisement que j'éprouve à aller manipuler, quand j'ai le cafard, toutes ces marmites, cocottes, couscoussiers, plats à paella, presse-agrumes, shakers à vinaigrette, tamis chinois, casse-noix, hachinettes, dénoyauteurs, poches à douille et autres objets qu'on se contente le plus souvent de désigner aux vendeuses sous le vocable de *truc* ou *machin*, tant leur usage est spécifique, tel le petit appareil qui sert à débiter en boules la pulpe du melon, celui qui sert à décapiter les œufs à la coque ou, plus curieux encore, le pique-maïs, l'équeuteur de fraises, la brosse à pommes de terre, la lyre à foie gras, le découpe-julienne, le moulin à muscade, la cuiller à câpres, les billes à tarte, les plaques à cannelés, le doseur à spaghettis, la râpe à quatre faces, l'éminceur réglable, la pince à arêtes de poisson, ou encore cette merveille d'astuce technologique que je ne me lasse pas d'admirer, le coquilleur à beurre.

Cependant, mon impression de sécurité est analogue quand je tripote un outil culinaire des plus courant, couvert à salade ou tire-bouchon, fait d'aluminium ou de bois blanc, rigoureusement non *profilé design*, pour parler comme les notices des cocottes high-tech ; ni taillé dans de la verrerie haut de gamme ou de luxueux aciers brossés. C'est ce qu'avait très vite percé à jour mon dragueur culinaire en écoutant mes imprudentes confidences. Il avait saisi que ce qui me rattachait à la cuisine n'était pas la cuisine, mais tout ce qui s'organisait autour d'elle et en elle : la parole comme désir et aliment, l'aliment comme parole et désir, le désir comme aliment et parole. Le sentiment, grâce à la nourriture, qui n'a plus peur de se dire ; le corps qui, par la médiation alimentaire, ne craint plus de se raconter ; et cherche, en même temps que les plats partagés, sa portion de courage. De quoi faire perdurer, en somme, malgré la cruauté générale, l'imperturbable pulsation qui, à la lisière du cou, à la saignée du bras, signe la vie.

Mais voilà : mon séducteur eut beau être perspicace, ce n'était pas son jour. Et, en amour, quand ce n'est pas le jour, on peut s'y connaître aussi bien en femmes qu'en marmites, on n'y coupe pas, on fait chou blanc.

*

Et, par pitié, qu'on ne vienne pas maintenant jouer sous mes fenêtres la rengaine fatiguée du féminisme d'opérette, qu'on ne vienne pas me hurler aux oreilles que la cuisine est le lieu le plus symbolique de l'aliénation féminine, la marque la plus évidente de notre condition de créatures corvéables à merci ! Ce fut vrai ; comme il demeure vrai que, malgré les performances, en Occident, du machinisme électroménager, puis les progrès du partage des tâches entre les deux sexes dans la vie domestique, la pièce-cuisine reste encore, pour beaucoup de femmes, un lieu d'asservissement. Le dictionnaire Le Robert continue d'ailleurs de s'en faire l'écho, qui insinue que l'activité culinaire est un rôle spécifiquement féminin, puisqu'il illustre sa définition du verbe « cuisiner » par l'exemple : « Elle cuisine bien. » À l'article « Cuisine », on relève aussi l'expression « fille de cuisine », pas très loin de cette « basse-cuisine » que j'ai évoquée d'entrée de jeu. Dans la même rubrique, on cherchera vainement des expressions telles que « garçon de cuisine » « homme de cuisine » : notre langue les ignore.

Et inutile de batailler façon « chiennes de garde » : il s'agit là d'indiscutables faits de langue, reflets de la hiérarchie des tâches établie depuis la nuit des temps par le pouvoir masculin. Prenons-les par conséquent comme les fidèles échos des discriminations qui persistent dans la vie domestique et continuent de s'exercer avec obstination au détriment des femmes.

Du reste, quand j'épluche ces pages de dictionnaire, en dépit du lien qui m'attache à ma cuisine, je revis les moments d'exaspération qu'il m'arrive aussi d'y traverser : heures de lassitude, de fatigue, de ratages. Sans compter les jours d'urgence où il faut improviser dans la précipitation et l'à-peu-près un repas que je me sens contrainte de préparer pour la seule raison que la dextérité de l'un, puis l'habitude, ont rigidifié la répartition des tâches (et que l'autre en profite !). La matrice-cuisine, ces jours-là, n'est pas épargnée par le poison du stress, voire du reproche sournois.

Cependant, tout compte fait, pourquoi tant de bonheurs dans ma cuisine ? Je ne nierai pas l'évidence : à tout coup, c'est le plaisir inconscient de m'y montrer fidèle à la distribution archaïque des rôles entre les deux sexes ; la volupté de me montrer conforme à un très ancien conditionnement sexuel.

Et alors ? Les joies que procure la maternité sont de même nature ; et le plaisir qu'une femme éprouve à élever son enfant est d'autant plus intense qu'elle l'a désiré. D'avoir choisi de le procréer avec qui elle le voulait, de le mettre au monde au moment qu'elle souhaitait ne l'empêche nullement de jouir de l'allaiter, de le câliner ; et ses gestes envers son bébé sont exactement les mêmes que ceux des mères les plus prisonnières des rôles traditionnels...

J'ai donc choisi mon bonheur-de-cuisine. Je l'assume, par conséquent, jusque dans mes fatigues, mes colères et ces jours d'irritation où je décide que c'en est trop, qu'aujourd'hui je serai à mon tour servie, qu'il faudra s'en remettre au surgelé standard ou au « tout-prêt » du traiteur d'à côté.

Et quand bien même les pas qui me ramènent si fidèlement vers mes fourneaux relèveraient d'un conditionnement plutôt que de ma condition de femme, envers et contre toutes les pleureuses qui ne vont pas manquer de ressortir les vieilles lunes des « comportements réactionnaires », du « luxe bourgeois » et autres aigres grincheries du féminisme démagogique, je le maintiens : ce qui se raconte dans la matrice-cuisine, en même temps que l'archaïque enchaînement d'un des deux sexes au feu, c'est, qu'on le veuille ou non, la féminité.

*

Du reste, renversons les rôles. Laissons Nougaro s'abandonner à son aphrodisiaque (et quelque peu machiste) contemplation des mains d'une femme pétrissant la farine, et observons l'homme, à son tour, se mettant en cuisine.

Il est revenu du marché comme de la chasse. Muscles noués, dos sec : il a pris la posture du guerrier. Il va transformer la cuisine en théâtre d'un nouveau combat. D'ailleurs, le voici déjà qui déballe, débite, pare, assaisonne les victuailles — il a l'œil fixe du prédateur.

Gestes plus chirurgicaux qu'amoureux. Concentration extrême. Souvent il se tait — la cuisinière, elle, peut parler des heures au-dessus de ses fourneaux.

Lui, non : c'est du sérieux. De la guerre. Il faut absolument qu'il la gagne. Le feu et l'eau lui sont des alliés, non des complices. Les couteaux qui l'environnent, les casseroles, louches, écumoires, fourchettes, autant d'armes — regardez d'ailleurs, sur leurs manches, sa prise en main [1]...

Le contempler alors sans bouger, en tâchant d'éteindre le sourire narquois qu'on sent poindre malgré soi. Et quand, à force de gravité, il

1. S'en fait aussi l'écho le vocabulaire à connotation fortement militaire, toujours en usage chez les restaurateurs, profession à très forte majorité masculine : les cuisines sont dirigées par un *chef*, sous l'autorité de qui travaillent les membres de la *brigade*.

commence à s'exaspérer, sortir de la cuisine sur la pointe des pieds.

La malice, autre bonheur-de-cuisine. Autre façon d'aimer.

*

Car lorsque je parle d'amour, je le prends dans tous ses états. Celui qu'on va faire et celui qu'on a fait. Celui dont on se souvient et celui dont on rêve. L'idylle et la rupture. La passion furieuse comme les roucoulades de ceux qui ne cessèrent jamais de s'aimer d'amour tendre. Les noces de platine et celles de papier. L'amourette-déjeuner-de-soleil, le chagrin inconsolable. La joyeuse aventure d'une nuit, oubliée dès le lendemain. Enfin, sa variante la plus ambiguë, suraiguë, tendue, ce diamant du sentiment que le français a baptisé d'un terme aussi raffiné que lui : l'amitié amoureuse.

Lui aussi, l'amour qui n'a pas été fait et ne le sera jamais, dans son silence, à fleur de conscience, il enclôt le fantasme, le souvenir d'autres amours, elles dûment *consommées* (l'amour, décidément, n'échappe jamais à la métaphore nutritive, le désir va se loger dans toutes les bouches du langage...).

Et ce qui fédère toutes ces formes d'amour que je viens d'énumérer, au plus sec du refus, au plus confus de la timidité, du refoulement, de l'interdit, de la peur, c'est une seule et intime certitude : l'idée qu'il n'est d'amour qui ne laisse, n'a laissé, ne laissera de marque dans le corps. Dans la peau, les yeux, les lèvres, les muqueuses, les glandes, les hormones, les neurones, les articulations, les muscles, les testicules, les seins ; sa trace dans tous les orifices. Au centre desquels la langue — ô combien, la langue !

Elle, la goûteuse. Mais aussi la parleuse. Voilà pourquoi, je le répète, les cuisines sont, mieux que la chambre, le terrain d'élection des mots d'amour.

*

Et j'ai beau le savoir, à chaque fois je suis stupéfaite que la tarte que j'extrais du four dans son moule en kevlar ait le même don, pour faire jaillir la parole amoureuse, que le diable en bonne vieille terre où, entre deux confidences — celle que je livre et celle que je reçois —, j'aime à surveiller la chair des pommes de terre, toutes à rôtir et fondre sous la pelure translucide de leur robe des champs.

3.

De la sordide copulation entre la barbarie culinaire et la barbarie amoureuse

Donc, empire de la bouche sur mon corps désirant. Depuis les lobes inexplorés de mon cerveau, ces régions mal connues où le ténébreux gouvernement des pulsions régit mes humeurs amoureuses.

Mais je sais à présent que la cuisine, sa projection spatiale dans mon espace domestique, en sus de son rôle de centrale énergétique, y tient lieu de Parlement. De régulateur, à travers le partage de la nourriture, desdites pulsions.

*

J'ai souvent remarqué que, dans le pays en miniature que représente une maison ou un appartement, les lois et traditions qui régissent les faits et gestes des occupants sont aussi variées que celles des nations ; et qu'ils sont aussi impuissants à les justifier que si on leur demandait d'expliquer pourquoi ils préfèrent, à telle autre, telle pratique sexuelle. Dans la cuisine, comme ailleurs dans l'espace domestique, les échanges et les mouvements du couple s'organisent selon un système complexe de règles tacites : les « petites habitudes », comme on les appelle souvent. Chacun des protagonistes ignore comment elles ont pu s'imposer ; exactement comme, à Buckingham Palace, personne ne sait plus pourquoi surgit dans tel salon, à telle heure, un « huissier de la verge noire » ; ni pourquoi on maintient, au détour d'un couloir, un « bureau des hérauts » en des temps où on n'annonce plus l'arrivée de la reine à grand renfort de trompettes.

D'où, quand d'aventure on se retrouve à occuper, quelques jours durant, la cuisine d'un autre couple, cette impression d'absolu dépaysement. Ce n'est pas, comme dans la chambre, la troublante sensation de violer une intimité. Tout simplement, on ne s'y retrouve plus. On est confronté, comme en pays étranger, à un autre mode de vie.

Ou plus précisément à un autre *modus vivendi* ; à un autre système d'accommodement à la vie à deux : la paix des ménages, comme celle des nations, a pour fondement une science expérimentale des limites, toute une série de petits pactes et traités non formulés qui établissent subrepticement, mais avec une sévérité et une efficacité redoutables, les déplacements et attributions des deux partenaires ; et par conséquent leurs territoires, avec les frontières à ne pas franchir et les objets à ne pas annexer sous peine de conflit — la fameuse théâtralisation de la guerre amoureuse, si propice au spectacle qu'on l'a appelée *scène de ménage*.

Or l'intimité se raconte par le système de mise à distance des corps qu'elle a instauré autant que par ses espaces de rapprochement et de fusion. Dans une cuisine qui n'est pas la nôtre, c'est toute cette histoire informulée du couple qui nous désoriente, puisqu'elle nous échappe : dans les balises mises en place par nos hôtes, nous ne pouvons reconnaître notre propre signalétique des limites. Elles nous sont indéchiffrables, elles ne nous signifient rien. Nous sentons confusément qu'elles parlent de territoires, mais nous en ignorons le détail, le comment, le pourquoi. Comme nous restent à jamais étrangers le comment, le pourquoi du désir sexuel qui pousse régulièrement l'un vers l'autre les partenaires d'un couple qui n'est pas le nôtre. Qui peut nous expliquer, sinon nos hôtes, qu'ici se trouve la tasse de l'un, là les couverts dont il a horreur ; pourquoi il choisit toujours telle chaise pour s'asseoir à la table du petit déjeuner ; telle étagère pour ranger ses sucrettes ; et sa compagne tel recoin pour ses tablettes de chocolat ; enfin où se trouve la cache où il dissimule le saucisson qui fait si régulièrement grimper son taux de cholestérol... ?

*

Bien entendu, c'est plutôt dans la chambre, et davantage encore dans la salle de bains que s'expérimente, en amour, la théorie des limites ; que s'établissent les arbitrages fondamentaux entre désirs et frustrations — voire, dans certains cas extrêmes, les équilibres de la terreur. Et quand précisément ces arbitrages ne sont plus opérants, éclate la guerre. Comme lors des conflits militaires, les corps sont alors habités d'un seul désir : saccager les lieux où se sont scellés leurs traités et leurs pactes.

Pour le sexe, la mise en scène est simple : on décide de faire chambre à part. On reprend pour soi sa part de nuit ; avec son sommeil, on couve à nouveau en solitaire son silence, son mystère. Seulement, comment faire cuisine à part ? Comment mettre à mal la nourriture et la parole, puisqu'elles sont fondamentalement échange et partage ? On peut fermer les yeux ; les bouches, beaucoup moins aisément.

Aussi, dès que la lune de miel tourne au vinaigre, le menu, dans la cuisine, devient invariable : soupe à la grimace — *soupe de grondin*, dit-on sur les côtes bretonnes par allusion au poisson du même nom. On alterne faces de carême et débordements de soupe-au-lait. Les plus violents iront jusqu'aux tartes, beignes et autres frites : dans ces moments extrêmes, la nourriture elle-même en vient aux mots, son vocabulaire se métamorphose en arsenal de coups et blessures. Il faudra pourtant boire le calice jusqu'à la lie.

*

Souvent, du reste, les repas sont ratés. Intentionnellement ou non. Multiplication des actes manqués culinaires. Les regards ne se croisent plus ; l'un garde les yeux rivés à la télévision, l'autre lit le journal à table. Plus un mot ; on se tire la gueule jusqu'au moment où on s'engueule. Certains pousseront la vulgarité jusqu'à traiter l'autre de gueule-de-raie. En tout cas, plus question d'amuse-gueule ; encore moins de gueuletons. La bouche continue d'habiter la cuisine, mais uniquement sur deux registres : muet ou vociférateur. On ne va pas tarder à se disputer le bout de gras, le torchon brûle. Dans le silence comme au plus vertigineux des pics de décibels qui accompagnent les prises de bec. Où est passé le temps où l'on savourait les mots de l'autre comme du petit-lait ? Il est devenu imbuvable. On ne voit plus que ses défauts : la brioche de l'homme ; et la femme peut porter la plus alléchante des jupettes ras-le-bonbon, l'amant en a ras-le-bol...

*

Il se peut aussi que la parole-de-cuisine se congèle, au sens quasi littéral du terme, quand les couples, en toute dernière extrémité, se refusent à partager les repas. L'un, par exemple, s'en va au restaurant et condamne l'autre au tête-à-tête avec son assiette. Cependant, tant qu'ils vivent ensemble, l'homme et la femme relèvent de la même juridiction non écrite où la cuisine, vaille que vaille, cherche obstinément à tenir son rôle de Parlement domestique. Dans le cas que je viens d'évoquer, le couple, par obligation, continue souvent à communiquer ; mais sous la forme quasi exclusive de *post-it* lapidaires scotchés sur la porte du réfrigérateur...

*

J'en sais un qui, par cette voie, apprit un soir que sa femme l'avait quitté. Une fois encore, la cuisine avait formé lien — jusque dans l'affirmation la plus glaciale du non-lien.

*

Que la femme subisse ou engage le conflit, elle est assez souvent conduite à le signaler par un fait d'armes symbolique : le bris de vaisselle. L'acte vaut déclaration de guerre. Dissolution brutale du Parlement-cuisine ; finie, la vie de coq en pâte : au milieu des éclats de voix, de verre, faïence ou porcelaine, la femme instaure l'état d'exception. Se rompt ainsi symboliquement et spectaculairement la triangulation désir-nourriture-parole.

Le fracas des assiettes cassées met habituellement l'homme en fuite. On peut le comprendre : ce qui vient de se rappeler à lui, c'est la toute-puissance féminine sur le feu et l'eau. Son vieil asservissement, mais aussi son ancestral pouvoir sur la matrice-cuisine. Réaliste, le mâle ne s'éternise pas. Mais, à un moment ou à un autre, il reviendra, cherchera à composer : dans ce combat-là, si pugnace soit-il, il se sent vaincu d'avance. Tant qu'on ne l'aura pas chassé, il reviendra. Force d'attraction du vieux matriarcat.

*

Un fantasme macho traîne encore ici et là, qui, pour illustrer ce type de situation, figure la femme sous les espèces d'une furie brandissant en guise de hache de guerre son rouleau à pâtisserie. La généralisation des pâtes à tartes surgelées et prêtes à l'emploi a rendu cet ustensile parfaitement superfétatoire ; dans nos cuisines, il se fait maintenant presque aussi rare qu'une baratte ou un épépineur à groseilles. L'image, cependant, sert encore à illustrer la terreur qui couve, chez la plupart des hommes, à la seule idée de la colère féminine.

Ces caricatures populaires semblent aussi indiquer que l'inconscient des mâles serait tout de même réceptif à l'obscur pouvoir dont certaines femmes — au nombre desquelles je me suis décrite — ressentent encore la présence dans leur batterie de cuisine. Le séducteur dont j'ai brossé le portrait tout à l'heure avait donc peut-être une once de sincérité.

*

Face à l'ogresse qui le menace de son phallique rouleau à pâtisserie, les caricaturistes figurent systématiquement un homme rabougri. Comme castré par le caractère imprévisible, radical, dévastateur de l'ire matriarcale. Dans ce fantasme grand-guignolesque, la femme, au-dessus de sa silhouette effarée, est dessinée en des traits qui rappellent ceux de la toute-puissante déesse de la mythologie indienne, Kali la Noire, Souveraine-des-Grandes-Peurs, Reine-des-Volontés-Qui-Viennent-De-Très-Loin, Assoiffée-de-Sang, Danseuse-de-Mort, Coléreuse-À-La-Langue-Tirée.

Scénographie purement fantasmatique : la plupart du temps, quand la violence physique envahit le Parlement-cuisine, c'est l'homme qui brandit les ustensiles. La femme malheureuse, elle, se contente de casser, jeter, crier, pleurer ou soupirer. Et de disperser sa colère et son dépit partout dans l'espace domestique avant de l'exporter, parfois, chez le proche voisin ou la meilleure amie. Manière de leur donner un caractère quasi public ; et de mettre fin, par avance, au partage de l'intimité.

Ou alors, dans leur cuisine, les femmes se taisent — et ourdissent en secret les moyens d'en sortir.

*

En France, d'après les statistiques, ce sont les femmes qui, à 80 %, prennent l'initiative de la rupture.

Première solution : la femme quitte le foyer. Elle ne le fait pas sans frisson : si libre, si détachée et autonome soit-elle, elle sait confusément, sous ses airs bravaches, qu'en même temps qu'elle brise le lien avec un homme elle opère une rupture symbolique autrement plus dérangeante : comme l'indique clairement l'usage du mot *foyer*, elle rompt l'attache primitive qui traditionnellement l'enchaîne au feu.

On constatera d'ailleurs qu'elle s'improvisera au plus tôt un autre lieu. Avec cuisine, cela va sans dire. Donc, avec feu. La femme qui déserte le foyer revendique la liberté ; elle poursuit l'égalité. Mais, très généralement, elle recherche aussi — plus aveuglément — une marque de stabilité. Même quand elle n'a pas d'enfants et qu'elle quitte son partenaire pour vivre seule. Si « libérée » soit-elle, il lui faut au plus tôt un évier, un réfrigérateur, des casseroles, un réchaud.

Quand, à l'inverse, elle chasse le mâle de

l'espace domestique, elle se livre ouvertement à une opération de représailles. Et elle est très consciente de la nature de la punition : elle renvoie l'homme à la vie nomade.

Il est vrai que, souvent, c'est le nomadisme sexuel masculin qui a déclenché la guerre. En le boutant ainsi hors du foyer, la femme cherche obscurément à priver le mâle de la chaude et nourricière sédentarité dont elle assurait jusque-là, autour de la matrice-cuisine, la si confortable permanence. En le rejetant dans les grandes steppes du butinage sexuel, aussi incertaines qu'elles sont libres, elle lui signifie une loi que le français populaire, une fois de plus, résume d'une vigoureuse image érotico-alimentaire : *on ne peut pas avoir en même temps le beurre, l'argent du beurre et la crémière.*

Règle du jeu très familière aux femmes. En revanche, les hommes la méconnaissent. Et ils ne s'y soumettent généralement que contraints et forcés...

*

Voici donc le mâle qui rejoint, pour un délai plus ou moins long, le monde erratique des chambres d'hôtel dont j'ai parlé plus haut. Sans cuisine. Ou bien il va camper dans une chambre de bonne. Ou encore sur le canapé d'un ami. J'en ai même connu un qui, des jours durant, dormit sur la banquette arrière de son automobile.

Heures de déprime. Parfois camouflée derrière le frêle bouclier des fanfaronnades. En tout cas, le temps de ces intermittences amoureuses, les repas se font assez mornes : la vendetta féminine n'a pas seulement exproprié l'homme de sa part du lit. Cette expulsion-là n'est qu'un dommage collatéral. La violence du geste, c'est de l'avoir privé de lieu. Parce que — encore et toujours ! — privé de feu.

*

Mais pas d'affolement : à la première occasion, lui aussi recréera le vieux ménage à trois, désir-nourriture-parole. Il finira bien par se dégoter un studio-kitchenette d'où il sortira le dernier verre à offrir à une passade d'un soir...

Laquelle saura peut-être, allez savoir, lui rendre goût à la parole-de-cuisine et à l'amour qui va avec. Mon inquiétude, à la vérité, ne porte ni sur l'offre ni sur la demande. Ce qui me rend perplexe, c'est leur contenu actuel, ce Mirifique-Amour dont on ne cesse de nous rebattre les oreilles sans qu'on sache encore au juste ce qu'il est. Confusion qui touche les deux sexes, surtout parmi les jeunes générations dont les comportements séductifs semblent étrangement parallèles, dans leur brutalité, à l'horreur alimentaire qui envahit tout aussi insidieusement nos sociétés. Au point de faire courir à l'amour le même danger qu'à nos corps, obligés d'absorber des nourritures de plus en plus frelatées. Car de la même façon que nous avalons des aliments pollués, génétiquement modifiés, standardisés en vue d'une consommation rapide, uniforme, insipide, et renouvelable — croyons-nous ! — à volonté, nous nous laissons abrutir par des produits culturels qui, des *soap operas* à la plupart des fictions romanesques et aux tubes des rock-stars, nous assènent à longueur d'année, avec le même aplomb, l'impérieuse impossibilité de vivre sans ce Mirifique-Amour.

Et parallèlement, ses images destinées, comme les aliments, au plus grand nombre se figent dans des formatages aux contours et au contenu de plus en plus pauvres. Au point qu'on finit par ne plus savoir où le dénicher, le Mirifique-Amour, en dehors de ces modèles standards ; aussi éprouvons-nous des difficultés croissantes à superposer ses fantasmes avec la réalité de nos vies...

Et cependant, on n'a jamais repris avec une si belle ferveur l'universelle rengaine : *Amour-amour-amour-amour*. De la même façon qu'on n'a jamais consommé, en Occident, autant d'aliments abondants, bien présentés, bon marché, apparemment sans défaut — mais, au fait, qu'est-ce qu'il y a dedans ?

*

Je l'ignore, comme tout le monde ; et l'amour, chaque fois qu'on m'en parle, c'est sous la forme d'une image que je me le représente. Pas une définition, mais un fantasme récurrent où j'ai vraisemblablement projeté mon obsession du triangle désir-nourriture-parole, car je me le figure comme un grand sac à provisions où chacun des deux partenaires aurait fourré en vrac tout son marché — son passé.

Et je m'imagine aussi que sur ce baluchon, les deux protagonistes, dans un mouvement identique, ont inscrit les tendres et graves lettres du même mot **AMOUR**. À la façon dont, naguère, les épiciers imprimaient sur leurs sacs de jute les caractères des substances qu'ils y entreposaient : **FARINE, RIZ, THÉ**. L'ennui, c'est que le thé, le riz et la farine sont des denrées parfaitement identifiables : on ouvre le sac, on peut constater tout de suite s'il y a eu erreur ou tromperie sur la marchandise. Tandis que, pour l'amour, chacun a son idée sur l'affaire ; et il y a toujours matière à discussion, voire à litige.

Pour autant, lors de la rencontre amoureuse, chacun des désirants s'avance vers l'autre, le cœur battant du fol espoir que, dans le ballot d'en face, soit entassé exactement le même pêle-mêle de provisions. Ils échangent donc des mots d'amour, des lettres d'amour : façon, pour l'un et l'autre, de déballer peu à peu le contenu de leur marché, de vider leur sac amoureux. De leurs espoirs les plus larges à leurs plus vifs chagrins.

Dans un temps plus ou moins proche, il leur faudra bien se résoudre à l'évidence : le baluchon de l'autre ne renferme pas du tout les mêmes provisions que le leur. Et cependant, souvent, dans le même accord tacite, ils poursuivront l'inventaire respectif de leurs besaces. Le temps d'une nuit, d'une semaine ; pour un mois, pour un an. Quand l'affaire s'éternise, devient « sérieuse », on l'appelle « histoire », timidement, en évitant la manière ancienne, plus romanesque, qui n'hésitait pas, elle, à parler d'« histoire d'amour ».

Néanmoins, avec ce nom d'*histoire*, on tient à signaler qu'en s'inscrivant dans la durée, le désir a fait récit. Qu'il ne s'agit plus d'une *aventure*, heures insignifiantes, fruit du seul hasard. Ce qui constitue l'*histoire* peut se raconter. Comme dans un roman, l'histoire comporte des péripéties, des rebondissements, des retournements, des tourmentes, des faux-calmes ; un début et une fin.

Et si cette mini-épopée, par extraordinaire, perdure encore, on parlera alors, non sans frémir, de *grande histoire* — une fois de plus, nos contemporains, comme effarés devant la puissance des affects, hasardent avec une extrême précaution la romantique expression : *grande histoire d'amour*.

Or avec les années, si je ne sais toujours pas ce qu'est au juste l'amour, j'ai appris qu'il faut au moins que deux conditions soient réunies pour parvenir à tisser pareilles *histoires* : la confiance en l'autre et le goût du partage. Deux idéaux de plus en plus saccagés dans notre société envahie par le fascisme marchand et ses effrayantes métastases : l'individualisme égomaniaque présenté comme valeur absolue ; la vie conçue comme quête indéfinie de jouissances ultra-rapides et renouvelables à volonté ; le partenaire amoureux perçu comme simple objet de consommation.

Ma pensée semble jouer ici les vagabondes et s'égarer très loin de la matrice-cuisine. Mais non, c'est ici le cœur de l'enjeu : de la même façon que la civilisation, durant des siècles, a marié désir et nourriture pour finalement donner naissance au discours amoureux, les pratiques alimentaires contemporaines et nos comportements séductifs s'abandonnent maintenant, de manière simultanée, à un identique mouvement régressif. Malgré, dans les deux cas, de superbes emballages...

Cependant, pourquoi s'en étonner ? Les conditionnements qui, dans nos supermarchés, entourent la plupart des aliments sont prudemment frappés d'une date de péremption. Tout comme les amours que vivent désormais nombre de jeunes Occidentaux : consommation facile et instantanée de petites bulles érotico-sentimentales, sorte d'amours *light* au risque minimal. Périssables, certes, mais renouvelables autant qu'ils le voudront, s'illusionnent-ils comme pour les aliments — les époques et les lieux de famine, pourtant, ne sont pas si éloignés. Au premier incident, ils passeront à autre chose et ils oublieront, croient-ils aussi. On « zappe », exactement comme on flanque au vide-ordures ces yaourts ou tranches de jambon dont la date-limite est dépassée. On ne rompt plus, d'ailleurs : on *jette* l'autre, ou on se *fait jeter*.

Aussi la durée qui sépare l'emballage séductif de la poubelle où s'en vont mourir ces amours pré-conditionnées ne laisse-t-elle guère de temps au mijotage de l'*histoire* ; mais plutôt à ce que les Français, après les Anglo-Saxons, nomment désormais, de façon massive, une *relation*. Terme emprunté au vocabulaire mathématique ; il revient aussi fréquemment dans la bouche des Lofteurs et des Star-Ac' que sous les plumes vénérées de Camille Laurens ou Christine Angot. Sa sécheresse dit assez le peu d'affect qu'il est de bon ton d'y *investir* — autre mot-fétiche d'une société qui, sans s'en apercevoir, laisse contaminer son discours amoureux par le vocabulaire de la souveraine marchandise...

Ne pas s'engager, ne pas choisir, vivre l'amour « perso » comme devant son téléviseur, zappette en main, le pouce toujours prêt à changer de chaîne, le désir toujours partant pour la déambulation dans l'infini supermarché d'options qu'est devenu l'Occident. Prendre tout, consommer n'importe quoi. L'éternité devant soi. La liberté, mais sans le choix.

*

Du reste, on ne voit guère ces séducteurs et séductrices postmodernes, par ailleurs fascinés par toutes les images de rébellion, jeter, comme Don Juan, des défis à Dieu et à Diable. Ni s'écrier à sa façon, affamés, devant la table d'un festin et la promesse de corps tout aussi appétissants, *« Viva la libertà ! »*. Régulièrement et gentiment repus, parfaitement modelés par les instruments de l'hypermodernité, ils préfèrent s'adonner, chacun de leur bord, à *gérer leur relation*. Experts à jongler, tels les *brokers* de Wall Street, entre épargne et flambe amoureuse, ils maîtrisent de plus en plus tôt la technique de la *stratégie-congélo* : expression relevée dans un magazine féminin et qui désigne l'art et la manière de garder constamment à disposition un partenaire de dépannage, réchauffable à volonté au micro-ondes du « je-veux-de-l'amour-dans-la-minute-et-ensuite-on-passe-à-autre-chose »...

Nos grands-parents, eux, désignaient ce calcul d'un mot plus truculent : *« Une fille dans l'assiette, l'autre dans la marmite. »* L'expression démontre aussi que naguère on connaissait les vertus aphrodisiaques d'un mijotage patient.

*

Forme inédite de barbarie. L'invasion opère comme un cancer sournois : on ne la remarque qu'au moment où elle a éployé ses métastases, grandement secourue dans son expansion par tous les outils du contact immédiat : courrier électronique, téléphones portables, SMS dont les pixels, tout en permettant la quasi-instantanéité du contact, intercalent systématiquement un écran entre les corps des candidats au Mirifique-Amour ; et opèrent ainsi une dématérialisation électronique de leur désir. Autre moyen de prudemment *gérer la relation*...

Enfin, pour ceux qui réclament tout de même de palper la marchandise, pour les cœurs solitaires et pressés, il est désormais des cafés où, moyennant finance, on organise des prémices amoureuses rigoureusement chronométrées. Devant un Coca ou un espresso, on s'y voit octroyer huit minutes de discours amoureux, pas une seconde de plus, pour réveiller l'hormone de l'inconnu(e) assis de l'autre côté de la table...

MacDo, pizzas surgelées ou *speed-dating*, le fascisme marchand est donc en passe d'imposer ses diktats à la triangulation amoureuse. Il aura bientôt tout soumis à la seule loi qu'il connaisse : la rentabilité. Tout, tout de suite, comme tout le monde, mais moi d'abord, maintenant, où je veux, quand je veux, aux moindres frais, affect minimum, plaisir maximum, en oubliant hier, sans rêver plus loin que demain : le *fast sex* qui commence à formater les comportements des jeunes générations est l'exact jumeau de ce *fast food* en portions individuelles que les plus lucides des Anglo-Saxons, tout de même, à force de décompter dans leurs rues un nombre croissant d'obèses, appellent maintenant *junk food* : nourriture pourrie.

*

Décomposition exactement parallèle à la dégradation du discours amoureux prophétisée en 1977 par Roland Barthes — « Aujourd'hui, c'est parler d'amour qui constitue la véritable obscénité [1]. » Exemples contemporains de ces MacDo de la déclaration d'amour : *« Je kiffe grave »*, pour signifier qu'on est en état de désir. L'expression s'emploie souvent sans complément d'objet, trait de syntaxe qui démontre assez le peu d'intérêt porté à la personne censée susciter l'émotion sentimentale ; et la primauté de la sensation purement individualiste. À l'heure de la généralisation des outils de télécommande, le linguiste n'est guère surpris par le « J'ai zappé » qui signifie la rupture ; il s'attendait beaucoup moins à « Je suis love » quand le locuteur est persuadé d'avoir trop dévoilé ses sentiments ; enfin il reste abasourdi quand il découvre que dans le discours amoureux postmoderne, le zénith de l'aveu passionnel s'exprime par la phrase, à la syntaxe, certes, un peu plus élaborée : « Avec toi, je suis sans capote » (« Je suis tellement amoureux[se] de toi que je ne souhaite plus utiliser de préservatif »). Même si, au fil des siècles, le discours amoureux n'a jamais

1. *Fragments d'un discours amoureux*, Le Seuil, 1977.

été, dans tous les sens du terme, qu'un *emballage* dont les femmes, majoritairement, étaient les demandeuses, on y croyait un peu, à sa magie dorée. Où donc est-il passé, le beau paquet-cadeau ?

*

Aussi, s'agissant des pratiques sexuelles qui se répandent dans les jeunes générations occidentales (apprentissage de la sexualité via la consommation précoce et massive de cassettes porno, tournantes, augmentation des agressions, voire du sadisme entre garçons et filles de tous milieux sociaux ; et j'en passe...), on pourrait maintenant inventer l'expression *junk-cul*, tant leur cousinage est évident avec la consommation croissante, chez les mêmes générations, de tous ces sodas, bières, ice-creams, hot dogs, chips, pop-corn et autres hamburgers industriels qu'on a précisément baptisés du vocable *junk-food*.

Dans l'espace familial, leur consommation implique des passages à la cuisine. Mais ceux-ci sont minimaux : brefs réchauffages au micro-ondes, raids-éclair, en solitaire, sur les stocks de canettes, crèmes glacées, cacahuètes, céréales prêtes à l'emploi. Toutefois, chez les adolescents (ou ces *adulescents* de vingt-cinq ou trente ans, tel le Tanguy de Chatilliez, qui répugnent à se créer un espace domestique à eux, avec cuisine, nécessairement, et préfèrent bénéficier aux moindres frais de celle de papa-maman), les sociologues notent une nouvelle pratique : ces jeunes adultes sont de plus en plus nombreux à stocker leurs provisions dans leur chambre, tout bonnement. Pour une consommation au cœur d'un nouveau triangle : celui que constitue leur lit, leur ordinateur/téléviseur et leur téléphone portable ; le tout au rythme d'un becquetage continu qui évoque la morne existence des poulets en batterie...

Tandis que l'interlocuteur-écran continue imperturbablement à les bombarder d'images et de sons porteurs d'un discours amoureux où s'enchevrêtrent, dans un méli-mélo conçu pour satisfaire tout le monde, le rêve de la prédation d'un maximum de corps et l'obsessionnel mirage inverse qui, sur fond de romance sirupeuse ou de musique techno, continue de hanter tous les esprits : *amour-amour-amour-amour*...

*

Comme dans un monumental hypermarché où, escroquerie supplémentaire, on ferait croire au client que jamais, au grand jamais il ne passera à la caisse... Rien d'étonnant à ce que, dans ces conditions, la parole-de-cuisine se retrouve réduite à sa forme minimale : adressés aux autres occupants du foyer, de brefs messages scotchés sur la porte du réfrigérateur...

*

Horreur économique, horreur alimentaire, horreur écologique, horreur amoureuse : au risque de faire ricaner les révérends du politiquement correct et les ayatollahs du *plus-trashy-que-moi-tu-meurs*, je soutiens donc qu'il n'y a pas étanchéité entre les quatre phénomènes. Je maintiens qu'au contraire il suffit d'observer la vie dans nos cuisines pour nous convaincre qu'ils sont ligotés au plus étroit. Car c'est le même impérialisme de l'argent qui nous transforme en consommateurs aveuglément soumis, en tous domaines, à des normes séductives, artistiques, économiques, nutritionnelles dont le but est simple : nous conformer aux standards d'un monde lui-même modélisé et compartimenté en marques. Où notre dernière liberté sera bientôt celle de choisir dans l'éventail de plus en plus étroit de signalétiques marchandes planétaires — Pizza Hut, McDo, Quick, Kentucky Fried Chicken comme il y a Nike, Zara, Gap, Levi's, Nokia. Pour ensuite y noyer, corps et âme, notre prime identité.

Logique industrielle dont le but à peine dissimulé est, bien entendu, de générer le maximum de profit en un minimum de temps. Mais le court terme, comme chacun sait, ne poursuit d'autre but que lui-même. Nul objectif ; plus d'horizon.

*

Depuis des lustres, un dicton le rappelle : on devient ce que l'on mange. Aussi, rien de surprenant à ce qu'on aime comme on mange ; rien d'étonnant à ce qu'on mange comme on aime. Et, en définitive, rien de particulièrement stupéfiant à ce que cette sournoise dictature marchande détruise peu à peu nos corps en y multipliant les pathologies — du cancer à la dépression, la liste en est interminable —, en engendrant parallèlement la barbarie amoureuse que je viens d'évoquer, sans d'ailleurs détailler, tant elle est effarante, la procession de maux qui l'escorte : peurs, méfiances, inhibitions ; et par conséquent agressions.

Au nombre desquelles les violences domestiques. Elles n'arrêtent plus de se multiplier ; les femmes en sont les premières victimes. Le plus souvent, comme par hasard, dans leur cuisine...

*

Ainsi se retrouve saccagé, en même temps que le patrimoine écologique de la planète, le Mirifique-Amour dont on n'arrête plus, cependant, dans les chansons, les films, les romans, de nous seriner le nom sur tous les tons. *Amour-amour-amour-amour*, incantation, prière ? Peur qu'il ne se sauve à jamais ? Terreur qu'il ne soit déjà parti ? Chassé, piétiné, anéanti sous le raz-de-marée des objets marchands ?

*

Brève inspection de mes placards : j'ai des chips, moi aussi, dans ma cuisine. Pas de canettes de bière ni de soda. Mais des paquets de cacahuètes, des céréales, des conserves, des légumes vraisemblablement bourrés de pesticides et de conservateurs, ces produits chimiques qui n'ont pas le cran d'avouer leur nom et se dissimulent sous des codes, tous ces E quelque chose que j'avale, comme tout un chacun, sans trop vouloir y penser : je ne dispose ni des moyens ni surtout d'assez de temps — suprême luxe — pour me figer dans la posture exemplaire de l'intégriste du bio...

Enfin, derrière la porte de mon réfrigérateur, sous l'étagère où s'alignent des laitages sans doute gorgés, eux aussi, de ces médecines chimiques, hormonales et antibiotiques dont on abreuve les animaux, dort un compartiment rempli à craquer de produits surgelés. Comment y échapper ? Je l'ignore. Pas davantage que je ne sais comment m'extraire de l'unanime cantilène *amour-amour-amour-amour*. Pas d'issue.

*

Même devant cette table de cuisine où, avant de commencer cette diatribe contre la barbarie amoureuse — et comme si j'étais moi-même effrayée par ce que je m'apprêtais à écrire —, j'ai instinctivement voulu poser mon micro-ordinateur ?

Sans doute. J'entrevois comme de l'espoir, pourtant, dans la matrice-cuisine. Pièce-repère, une fois de plus. Base de repli ; refuge. Seul lieu où je parviens à reprendre courage. À me rassurer.

4.

De deux gâteaux pétris de désir

Par le jeu primesautier des associations d'idées, analogue à celui auquel on se laisse aller sur le divan du psychanalyste, me reviennent maintenant des fantasmes de gâteaux. Le premier est le plus connu, c'est celui du conte où Peau-d'Âne, au moment où elle pétrissait la pâte de sa croustillante friandise, glissa l'anneau qui, croyait-elle, lui permettrait de découvrir le Prince charmant en lieu et place de ce père dont elle était si éperdument amoureuse. Cela marcha.

Puis je me représente la galette qui fut au centre d'un rituel — bien réel, celui-ci : la cérémonie qui régissait le mariage dans la noblesse romaine. Dans cette scénographie-là, je cherche un repère plutôt qu'une belle histoire. La nostalgie n'est pas mon fort ; et j'ignore absolument si, il y a deux mille ans, les fiancés romains s'aimaient au sens moderne du terme. Je ne sais pas non plus s'ils vivaient ce jour-là comme un moment de bonheur.

Mais était-ce seulement le but qu'ils poursuivaient ? Aussi, ce qui me hante en cet instant, ce sont les symboles dont s'entouraient alors les deux fiancés : « Où tu seras Gaius, je serai Gaia », déclarait la jeune femme à son promis, devant les prêtres et les témoins. En marque de confiance mutuelle, les jeunes gens se prenaient alors la main. Exactement comme les généraux ennemis lorsqu'ils scellaient la paix : afin de prouver, par le seul contact de leurs paumes nues, qu'ils étaient désormais sans armes ; donc sans peur.

Le geste, toutefois, ne leur semblait pas suffisant pour signifier cet abandon réciproque de la méfiance. Pour marquer cette *fides*, cette foi au sens archaïque du terme (transparence, dirait-on de nos jours), il leur fallait manger. Les époux partageaient donc un gâteau (*far*) confectionné à partir de la céréale qui formait traditionnellement la base de l'alimentation romaine : l'épeautre. Alors seulement le jeune marié pouvait conduire sa femme à son domicile ; alors seulement, une fois passé le seuil de sa porte, il pouvait lui offrir, tout aussi simplement, tout aussi élémentairement, le feu et l'eau.

Ce type de mariage, dit par *confarreatio* (au sens propre : « par gâteau mangé ensemble »), et qui rappelle étrangement le rêve qui habitait Peau-d'Âne au moment où elle pétrissait le gâteau de son désir, était le plus sacré. Et par conséquent le plus difficile à rompre dans une civilisation qui, par ailleurs, admettait sans difficulté le divorce. L'irrévocable, ce n'était pas l'union des corps. Il y avait plus irréversible : le partage de la nourriture. Quand la bouche était passée par là, on n'en revenait pas.

*

Oui, j'aime à me rappeler cette vieille histoire de gâteau. Mais je n'en ferai pas un fromage ; et qu'on ne compte pas non plus sur moi pour me lancer maintenant dans une grande pièce montée en faveur du mariage. Les noces de la passion me séduisent infiniment plus qu'une consécration légale dans les règles de l'art ; et la pérennité d'un amour n'est pas davantage garantie par sa sincérité : celle-ci, on le sait — insoutenable légèreté de l'être... —, a la fâcheuse tendance d'être suivie d'une autre, puis d'une troisième, d'une quatrième... Aussi, dans la cérémonie que je viens de décrire, c'est le symbole qui me plaît ; l'idée qu'un homme et une femme ne puissent se risquer à faire un bout de chemin ensemble, si bref soit-il, sans se remettre mutuellement leur faiblesse humaine : ce fragment de mort que nous portons tous en nous, soyons-nous au plus vert de notre âge, et qui se rappelle à nous, plusieurs fois par jour, par la nécessité absolue de boire et de manger.

*

En dépit de cette petite divagation historique, je me défends fermement d'appartenir à la tribu des ronchons systématiques, au clan grincheux du *c'était mieux avant*. Au jour le jour, je congèle et décongèle sans états d'âme, je me sers de mon four à micro-ondes sans me croire en état de péché mortel ; et j'éprouve une belle délectation, quand je cuisine, à jouer des touches électroniques de mes plaques à induction. Lorsque j'interroge le passé de la nourriture, de l'amour et des cuisines, c'est comme si j'allais voir un consultant : pour connaître les réponses que mes semblables, en d'autres temps, ont pu donner à des angoisses universelles, ces questions qui accompagnent, quelle que soit l'époque, notre humaine condition, son éternelle faiblesse, ses ressources infinies de grandeur.

Ou, pour prendre une image plus poétique, je me tourne vers l'Histoire comme un marin, dans la brume, dans la nuit, cherche le phare que des mains anonymes, mais averties des mêmes périls de mer, ont érigé des années, parfois des siècles auparavant pour aider les navigateurs à déjouer les écueils, les courants, les hauts-fonds. Le passé m'est balise ; en partant à sa recherche, je ne veux pas me construire une fantasmagorie idéalement costumée qui n'a jamais existé. J'y quête des signes qui me permettent de mieux comprendre ma vie présente. Et d'aller par là même plus sûrement de l'avant.

Retours sur le passé qui, eux aussi, commencent à déserter le monde contemporain, tout entier adonné au culte de l'instantanéité, de la performance, de la jeunesse éternelle, de la religion intemporelle des héros — lesquels, dans les dessins animés et mangas des gamins, ne mangent plus ni ne boivent, sinon pour engloutir des potions ou gâteaux magiques qui les transforment dans la seconde en créatures encore plus surpuissantes... On ne le répétera jamais assez : notre civilisation se meurt de nier la mort. Dans ces conditions, comment peut-elle prétendre vivre l'amour ? Comment peut-elle espérer se nourrir à ce qui fonde l'appel du désir : la conscience conjointe de notre force et de notre fragilité, la prescience, au plus vif de la vie, de son inévitable fin ?

Il n'est peut-être pas inutile, alors, d'appeler à la rescousse le bon vieux Platon et la petite fable où il expliquait qu'Éros, le Désir, est né de Poros, la Richesse, et de Pénia, le Dénuement. Fruit des contraires. Du plus et du moins. De l'éphémère et de soif d'éternité. Enfant de la simple humanité.

*

Laquelle, en d'autres temps, savait que la meilleure façon de dévorer la vie, c'est encore de la savourer. En compagnie d'un être perçu comme délectable. Et à petites bouchées.

*

C'est la lenteur, aussi, que j'aime à retrouver dans ma cuisine. La durée sous sa forme majuscule : le Temps. Je m'en fais cadeau dès que je peux. Je le picore, je le grappille. J'ai l'impression, comme dans les amours interdites, de le voler.

Et, aussitôt surexcitées, comme il arrive souvent quand on viole un tabou, mes mains ne tardent pas à se retrouver au plus près, au plus vif des sèves, des jus, des pâtes, des pulpes, des sucs, des viandes. De leur sang, parfois. Dans mon refuge-cuisine, au contact des forces qui, depuis la nuit des temps, ont assuré la pérennité de l'espèce, j'oublie alors les surgelés, conservateurs, pesticides, produits chimiques qui m'environnent. Tout en épluchant, hachant, râpant, mixant, battant, touillant, j'efface de mon esprit les mots de passe, combinaisons chiffrées, codes-barres, codes-pin qui verrouillent depuis quelques années ma petite vie au jour le jour. Je chasse de ma mémoire les robinets à sons et à images qui me dégoulinent dessus dès que je sors de chez moi, les caméras de surveillance, l'obligation de performance, la nécessité de rendement, le devoir d'ubiquité que m'infligent, comme à presque tout le monde, les outils de la télécommunication, je me crois libérée — enfin ! — des nuages de pollution, de la gangue satellitaire qui enserre la planète ; avant même d'avoir touché le moindre aliment, dans ma cuisine, sans avoir mangé ni bu, je me sens repue, abreuvée et nourrie, revigorée à la seconde par la cohabitation, à quelques pas de moi, de ces deux forces primitives, contraires et cependant alliées : le feu et l'eau. Cuisiner, pour moi, c'est tenter, tout en les apprivoisant, de converser avec elles. De les restaurer dans leur magie tutélaire. De les ressusciter.

Et œuvrer pour que reprenne à son tour langue avec leur vieux mystère celui pour qui je touille, hache, râpe, épluche, et mixe, et bats — qui j'ai aimé ; et j'aime.

*

L'exaltation amoureuse, pourtant, n'est pas au rendez-vous de chaque repas. Il arrive que le pain de la passion s'affadisse, ou subitement paraisse rassis. Mais quand revient le soir, ou l'aube, où les deux corps se retrouvent dans leur prime exactitude, quelle jubilation, alors, de retrouver le va-et-vient du lit à la cuisine, puis de la cuisine au lit ! Dans ce vice-versa, quel festin !

*

Aussi me suis-je toujours profondément méfiée des hommes qui n'aiment pas manger et expédient leur repas comme pure formalité. *Avec un lance-pierres*, comme le veut la langue française : d'un jet de quatre mots bien secs, elle renvoie ainsi le mâle aux temps des Cro-Magnon, censés tout ignorer des subtilités culinaires.

Toutefois, ce n'est pas uniquement la rapidité à se débarrasser du contenu de l'assiette, ou l'indifférence à son contenu, qui renseigne sur l'éventuel amant. Ainsi le rat, l'avare de son temps encore plus que de son argent, l'homme qui prendra sans jamais rien donner, se repère à la seule façon dont l'œil considère l'assiette : même noire et froide acération que dans la pupille du rongeur face à son bout de fromage.

Pathétique infirme de l'amour. Mais soyons charitable. Ces mâles, toute femme sait, d'instinct, qu'elle les doit les interdire de cuisine. Aussi rigoureusement que de lit. Pas de faveurs. Pas de bontés.

*

Chez l'homme à table, observer aussi la prise en main de la fourchette et du couteau, la manipulation du pain, la manière de remplir puis de soulever le verre. C'est mon test préféré. Ma manière à moi de jouer à Peau-d'Âne, ma façon symbolique de glisser l'anneau dans le gâteau : à ce petit jeu d'affût, on relève mille et un menus détails extrêmement instructifs.

Je me refuse à en dresser ici le catalogue. J'en effraierais certains.

5.

D'un interdit bourgeois

C'est qu'il s'agit de sexe, encore et toujours. Des inhibitions, par conséquent. Des tabous, des transgressions, des fixations. Des refoulements.

Longtemps, d'ailleurs, comme pour le sexe, la société bourgeoise occidentale a feint d'ignorer le théâtre où se déroulait la cuisson des aliments. Du mot *cuisine* émanaient alors comme des relents. Quelque chose entre le graillon, la ragougnasse à l'ail et les remugles d'entrecuisse. On ne voulait pas savoir où ça se passait. Ni comment, au juste, ça se faisait.

C'est à dessein que j'emploie le *ça* de la vieille langue puritaine : la neutralité du pronom démonstratif y servait si souvent à désigner l'innommable sexuel : *la chose*... La gêne, la cécité volontaire des bourgeois d'autrefois devant l'espace dévolu à la cuisine me paraissent identiques à l'embarras qu'ils éprouvaient devant les « turpitudes de la chair », pour parler comme le clergé du temps. Et il leur était très facile de fermer les yeux sur la cuisine, du moment qu'un énergique escadron de bonniches (les mêmes que les maîtres de maison aimaient à trousser, le cas échéant, vite fait bien fait, dans un appentis ou un coin de buanderie) s'employait sans renâcler, et par des moyens qu'il valait mieux ignorer, à confectionner des plats bien respectables, qui arrivaient ponctuellement et en belle ordonnance sur la table de la non moins digne salle à manger... En ces temps pas très éloignés, il en allait de la cuisine comme de la reproduction de l'espèce : en dépit du corset de non-dits où l'on étouffait la libido, les femmes étaient engrossées, accouchaient, allaitaient des enfants prétendument surgis des choux ou déposés dans les berceaux par les soins diligents de mythiques cigognes. Évidemment, on savait bien que la cuisine, tout comme l'amour, *ça* se faisait bien quelque part. Où ? Tant qu'il fut aisé de se fournir en main-d'œuvre domestique, la réponse fut calquée sur la phrase lâchée par Tartuffe pendant que ses mains cherchaient fiévreusement le sein d'Elmire : « Cachez cette cuisine que je ne saurais voir. »

*

Le déni a très longtemps perduré. Je me souviens ainsi d'un homme qui avait passé son enfance, à l'aube des années 50, dans la maison où j'habite aujourd'hui. Vers la quarantaine, de façon classique, il fut saisi d'un accès de nostalgie. Il se livra donc à l'expérience périlleuse de revisiter les lieux. Il voulut tout revoir, les chambres, les salles de bains, le grenier ; et, bien sûr, le salon et la salle à manger. Quand j'en arrivai à la cuisine, m'imaginant déjà que mon visiteur, dès qu'il y serait entré, serait submergé par l'afflux des réminiscences, voire d'un foudroiement gastronomico-rétrospectif façon madeleine de Proust, j'entrouvris avec ménagements la porte de cet ancien office. Mais non, il se contenta de secouer la tête d'un mouvement léger, comme pour me dire : « Ne vous donnez pas cette peine... », puis il fit volte-face avec cette gracieuse désinvolture qui, dans la bonne société, constitue le signe aussi élégant qu'indubitable de l'indifférence achevée.

Sur le coup, je n'y ai rien compris. J'ai cru à une manifestation de tact : mon visiteur, après tout, était arrivé sans s'annoncer ; ma cuisine se trouvait dans l'état qui succède à la mise en œuvre d'un déjeuner dominical et que les maîtresses de maison ont coutume de désigner par la même image — « champ de bataille » — que les amants leur lit quand leurs ébats l'ont saccagé. Je faisais fausse route, je l'ai compris un peu plus tard : si mon visiteur s'effaçait, ce n'était pas politesse, réserve soudaine, subit mouvement de pudeur devant cette intimité familiale que j'acceptais d'offrir à son regard ; car il revint sur ses pas en lâchant d'un ton joliment détaché : « Je n'ai jamais connu cette pièce. Je n'y entrais jamais. Nous avions des domestiques. »

Et il rebroussa chemin dans le couloir pour aller se recueillir devant ce qui était, à l'évidence, sa petite madeleine à lui — à son œil embué, il ne fut pas difficile de deviner ce qu'elle était : la respectable et majestueuse cheminée de la salle à manger.

*

Je me souviens aussi qu'il voyageait dans un de ces coupés à la fois coûteux et discrets qu'il est de bon ton de posséder quand on veut démontrer qu'on appartient au meilleur monde ; et surtout, je revois la fille dont il était flanqué, une de ces compagnes aisément interchangeables, aux cheveux d'un blond chimique parfaitement standard. Sa longueur de jambes, aux regards des canons des magazines féminins, était tout aussi réglementaire.

Alors, par une irrépressible association d'idées, je n'ai pas pu m'empêcher de relier ces indications sur les goûts amoureux de mon visiteur à ce qu'il venait de me livrer sur ses débuts dans la vie, avec sa phrase sur la cuisine ; et il me fit aussitôt l'effet d'un orphelin. Je le plaignis sincèrement d'avoir été privé, enfant, de tout contact avec la si chaleureuse matrice-cuisine... Frustré à tout jamais de son inépuisable panse d'odeurs, saveurs, formes, couleurs, substances si diverses, métal ou terre cuite des récipients, croûtes et coulis, mousses, pâtes, sauces, graines, jus...

Et encore... Car j'omets ici le plus difficile à reconstituer par écrit : toute la gamme des sensations tactiles — lisse, fluide, souple, filant, collant, craquant, croquant, croustillant, sec, gelé, aérien, visqueux, baveux, grumeleux, gommeux, rugueux, granuleux... — que rencontrent les mains tout au long des épluchages, découpages, pétrissages, cuissons et malaxages qui jalonnent la métamorphose du produit brut en substance digne d'une savoureuse ingestion...

Sans compter qu'une vraie cuisine, comme tout corps d'ardente femelle, c'est aussi un magnifique giron de sons : doux chuchotis des mijotages, continuum craquetant des fritures, savant tambour des couteaux sur les planches à découper, rugissement subit des moulinettes en fureur, borborygmes des gros bouillons, orgasme électronique des alarmes de nos batteries électroménagères, tous ces clinggg ! zrrrrr, bip-bip-bup, slläännggg et autres strô-oü-onggg éructés au premier débordement par les systèmes informatiques de nos modernes fours, plaques et machines à ci et à ça...

Mais, en définitive, ce qui m'attendrit le plus, c'est le bruit le plus rare qu'émette le sexe-cuisine : le cri fameux poussé les soirs de fête par le homard quand il se voit précipité dans les remous de l'eau qui va l'ébouillanter...

*

Oui, cuisine, utérus de toutes les sensations premières, mère de tous les désirs, des passions dévorantes. Des faims de loup, des faims du diable. Génitrice des appétits en même temps que de l'appétit ; et des émerveillements, aussi, des dégoûts. Secrète initiatrice du Grand Revenez-Y, aïeule tutélaire des traces autour desquelles, notre vie durant, vont s'aimanter les pôles ennemis (et cependant rigoureusement complémentaires !) de nos pulsions et répulsions...

Car, une fois sorties du chaud paradis de la cuisine enfantine, ce sont elles, ces traces alléchantes et odoriférantes, que nous allons inlassablement rechercher, notre vie durant, en mendiants affamés, dans tous les plis, replis, troussis et retroussis du corps aimé.

*

Voilà pourquoi, pour en revenir à mon nostalgique visiteur, il me fit tant pitié après son départ : comment ne pas compatir au sort d'un homme sevré de la scène primitive qui, du temps de son enfance, au premier chef dans les demeures bourgeoises où il avait vécu, se déroulait alors quotidiennement sur les tables de cuisine : le spectacle de produits bruts et frais soumis d'un seul coup, pour un laps de temps qui pouvait s'étaler de quelques brèves minutes à la journée entière, à de si folles et si étranges métamorphoses, aussi fascinantes dans leur nature que par la diversité des tours de main et des accessoires requis par ces rituelles manœuvres : fouets, fours, broches, grattoirs, tranchoirs, éplucheirs, lèchefrites, moulinettes, poêles, rôtissoires, passoires, râpes et couteaux les plus divers... Je suis à peu près sûre que mon visiteur était un mangeur-lance-pierres. Et pour parler franc, un piètre baiseur : je ne vois pas comment un mâle normalement constitué peut s'ériger en amant digne de ce nom sans avoir assisté, enfant, au moins rien qu'une fois, à ce phénoménal corps-à-corps entre des aliments à l'état de nature et toute une belle, féroce, tenace, précise énergie femelle, éployée à son aise au fond d'une matrice-cuisine, tout entière à barder, tout entière à fourrer, à moins que ce ne soit à farcir, entrelarder, brider, vider des viandes ; à les faire suer, sauter, revenir, griller, braiser, mijoter, faisander, dégorger, dessaler. Ou encore à les dresser, à les parer ; à les assaisonner, mariner, mouiller. Et liant indéfiniment, saisissant, égrugeant, épépinant, épiçant, glaçant et déglaçant, alternativement et à l'occasion ; voire sévèrement rectifiant un assaisonnement. Capable, enfin, de s'acharner au milieu de cet attirail d'ustensiles durant des heures et des heures, jusqu'à l'ultime cérémonial en forme de saccage : l'explosion olfactive et gustative du bon repas.

6.

De la langue et de la langue

Succulente amphibologie de la langue française. C'est intentionnellement que je viens d'aligner les termes à double sens, au mépris du festival de moues et rictus que, dans un réflexe quasiment pavlovien, les pisse-froid (ou plutôt pisse-vinaigre) ne vont pas manquer de lâcher, la bouche déjà baveuse de leurs habituelles fatwas, si d'aventure ils tombent sur ces lignes : les zélateurs de la bien-pensance contemporaine veulent aussi que ce soit un infect lieu commun de la gaudriole à la française que d'assimiler les plaisirs de la nourriture aux joies du sexe. Ils entendent qu'on y voie une fantasmatique grossière, une imagerie fruste, hâtivement bricolée à partir du souvenir affadi des mythiques soupers galants des libertins du siècle des Lumières, puis réactualisée par l'autocomplaisance franchouillarde, si prompte à s'égosiller, d'après eux, sur ses hauts faits supposés de cul et de boustifaille...

En somme, établir des parallèles entre sexe et

nourriture serait faire le jeu dangereux des machos fascisants façon Dupont-Lajoie... Inutile de rompre des lances avec ces ergoteurs fatigués : à force de s'échiner à hacher menu les évidences et à émincer leur pensée en concepts de plus en plus ratiocinateurs, ils sont devenus fruits secs. Depuis longtemps il est patent qu'ils ont raté, dans la chair de la vie, la « substantifique moelle » où Rabelais, l'un de nos grands philosophes, avait situé le secret du bonheur : la prise de conscience de l'unité profonde, puissante du corps ; l'abandon à la rondeur compacte, opaque, du principe de plaisir. Surveille-t-on la vie comme le lait sur le feu, elle déborde toujours des moules abstraits où on cherche à la couler ; et le lieu où éclate au plus clair sa liberté, c'est le langage.

Or, qu'on le veuille ou non, le mouvement le plus spontané de la langue française (je ne parle pas ici de sa littérature, mais du stock de vocabulaire et du charroi d'associations émotionnelles et poétiques qui s'est peu à peu agrégé à son lexique au fil de son histoire et de la constitution de notre civilisation), c'est d'établir, avec une constance étonnante, toutes sortes de passerelles entre les termes de la cuisine et ceux du sexe. Comme si le français n'arrêtait pas de nous faire de l'œil quand nous employons ces friponneries langagières qui servent aussi bien à évoquer les mystères des alcôves que les tours de main au fourneau. Tous les *sauter*, *fourrer*, *farcir*, *mouiller* que je viens d'évoquer, mais aussi les *remettre le couvert, tenir sur le gril*, *faire tirer la langue, faire mijoter*, *faire mariner*... Termes souvent triviaux, exactement comme peuvent paraître populaciers ces plats si justement baptisés *canaille*, mais si réjouissants, une fois le temps : tête de veau, tripes, andouillettes, fromage de tête, pieds de porc panés, oreilles de cochon. Et des dizaines d'autres polissonneries de marmite dont je vous laisserai le soin d'allonger la liste à votre goût.

*

Du reste, malgré leur évidente rusticité d'origine, tout cuisinier digne de ce nom sait donner à ces cochoncetés leurs lettres de noblesse ; de la même façon que, dans les années 1880-1900, les hommes riches savaient parer de particules prestigieuses — quoique d'emprunt — leurs savoureuses maîtresses, souvent sorties du ruisseau : toutes ces Liane de Pougy, Émilienne d'Alençon, Jeanne de Bellune ; ou la mythique Odette de Crécy dont, selon Proust, s'éprit l'autodestructif et romanesque Swann.

Aussi, rien d'étonnant à ce que ces courtisanes, entretenues aux petits oignons par des amants qui pouvaient fricoter avec elles le temps d'une vie, finissent par être nommées du même terme, *cocotte*, qui désignait le récipient de fonte épaisse — parfois aussi dénommé *sauteuse* —

où, dans les cuisines de la bourgeoisie comme de plus authentique noblesse, on faisait rissoler les oies blanches et autres appétissantes dindes, pintades et dodus tendrons : mêmes noms que pour ces filles du demi-monde qui, au fond de leurs campagnes, ne s'étaient jamais vu offrir d'autre horizon que de passer un jour à la casserole, ou de tomber dans la gueule du loup...

Aux plus vulgaires de ces maîtresses on attachait le nom de *poule* ; pour les plus ternes, on disait : *poulette*. Mais toutes, on les préférait *du jour* ou à la rigueur *fraîches de la veille*, comme les œufs du même nom. Dotées de ces jolis seins *à la coque, à l'amour*, décrits par Sartre dans le *Si tu t'imagines* qu'il offrit à Gréco au début des années 50, ces demoiselles se devaient, de toute façon, d'être à croquer. Copieuses, alléchantes, appétissantes. À manger toutes crues.

Et, bien entendu, affriolantes : au sens étymologique du terme, douées du talent de rendre le mâle aussi ardent que s'il venait d'être plongé dans un bain de friture. Ce qui en dit très long sur les affres du rut.

*

Mais ces dames connaissaient aussi leurs devoirs ; elles savaient parfaitement que ces lapins qu'elles rendaient si chauds exigeaient qu'elles aient du râble, de la truffe, même quand ils venaient leur manger dans la main.

Et, pour survivre, il ne leur fallait jamais déroger à deux règles élémentaires de la cuisine amoureuse : posséder lèvres et langues expertes en gâteries, et ne pas faire de salades...

Elles y réussissaient parfaitement ; en s'y montrant généralement si virtuoses que, lorsque leurs amants se réunissaient entre hommes pour déguster des vins, ils continuaient d'être hantés par leur anatomie au point de parler de leurs bordeaux ou bourgognes de la même manière qu'ils évoquaient leurs charmes : en leur prêtant de la robe, de la cuisse, du corps, de l'attaque en bouche...

Liaison si tenace que les œnologues contemporains persistent à décrire leurs crus comme une chair qu'on explore, de pied en cap, passionnément, en en détaillant la rondeur, la charpente, la fermeté, le nerf, le mordant. Ou le gras, l'anguleux, le douceâtre, le rêche, le mou, la lourdeur, la minceur, l'épaisseur, la souplesse, la tendresse. Parfois jusqu'à la cruauté, quand ils fustigent le *dessossé* d'un vin. Ou, au terme d'une dégustation sans relief, lorsqu'ils regrettent qu'il soit si *douciné*.

*

À d'autres, plus nombreux, plus banals, la chair féminine évoque les fruits. Ils parlent de filles *charnues*, *pulpeuses*, *mûres*, à la *peau de pêche*. Il n'y a pas si longtemps, dans nos provinces, on grinchait encore de les voir *se rider en pommes de reinette*. Dans les années 1900, un chroniqueur attaché à dénigrer la danseuse Mata-Hari parla même, le goujat, de ses seins *blets*.

Un siècle plus tard, on se contente plus sommairement d'un raccourci charcutier : *boudin*. Ou d'un cliché électroménager, pour une fille à la libido imperturbablement gelée, à quelque sauce qu'on l'accommode : *frigidaire*...

Et si le Q.I. doit être incriminé, deux grands classiques culinaires, *tarte* et *nouille*, feront parfaitement l'affaire. Pour un homme, de façon tout aussi intemporelle, on ne perdra rien à se rabattre sur l'unisexe *andouille*.

*

Décidément, copulation indéfinie de notre langue avec la langue : la libido à la française ne se lasse jamais de faire l'amour avec le lexique alimentaire.

Mots piquetés de double sens, bien lestes, bien coquins, costauds, parfois rustauds, qui racontent le passé rural de la France, comme les plats de base de notre cuisine, tous issus du fin fond de nos campagnes — pot-au-feu, blanquette, petit salé, carbonade, garbure, choucroute, cassoulet, bœuf-carottes, poule au pot. Ces équivoques constantes attestent l'obsession de la survie, voire la hantise de la famine, qui poursuivait les paysans d'antan, fussent-ils en train d'évoquer les joies de la bagatelle. Même quand ils furent saisis par l'exode rural et partirent vivre en ville, ils n'oublièrent pas tout à fait leurs cuisines de ferme, puisqu'ils continuaient à soupirer, quand ils allaient se glisser dans leurs draps, qu'ils « mettaient la viande dans le torchon » ; et ils ne cessèrent jamais de pincer les fesses de leurs compagnes en les désignant d'un « miches » bien croustillant.

À leurs femmes, du reste, ils adressèrent longtemps des mots doux qui fleuraient encore le potager — *mon chou*, *mon petit trognon* — l'étable, la basse-cour, les bois où grouillaient les animaux : tous ces *ma biche*, *ma poule*, *mon poussin*, *mon agneau* qui continuent encore, vaille que vaille, d'émailler le parler populaire en même temps que les étals des derniers bons bouchers.

*

Cette familiarité avec les bestiaux perdure aussi dans quelques images plus ouvertement sexuelles. Ainsi le dicton qui justifie si prosaïquement l'adultère, par exemple : « Changement d'herbage réjouit les veaux. » Ou le gamahuchage, qui n'a pas toujours trouvé meilleure image que le verbe *brouter*. Le récent *gazon maudit* n'est, à tout prendre, qu'un produit dérivé de cette gaillarde rusticité.

*

Mais je n'arrive pas à croire que ce soient des paysannes qui, pour évoquer le sexe masculin au plus vif de l'action, aient inventé des expressions aussi grossières que *mouiller l'asperge* ou *tremper le poireau*. J'y reconnais plutôt la brutalité des conversations entre hommes. Voire l'hormone potache, les heures maladroites et frimeuses où les adolescents se poussent du col pour tenter d'oublier qu'ils ne savent pas très bien quoi faire de ce qui les démange par en dessous la braguette. L'érotisation par les femmes du corps masculin n'a pas encore trouvé, je le crains, son espace dans le langage. Trop longtemps, en brimant la libido féminine, la société l'a contrainte à mariner dans une lavasse à l'eau-de-rose. À se laisser saupoudrer de rêvasseries cucul-la-praline. De fantasmes en forme de cœur d'artichaut.

*

Car tous les faits de langue que je viens de citer ne sont que le reflet d'une réalité têtue : la domination de la vie sociale par les mâles. Ils révèlent dans un jour cru que le rapport des hommes aux femmes est traditionnellement identique à celui — chasseur — qu'ils entretiennent avec l'aliment : convoitise, prédation, dévoration.

Preuve *a contrario* : l'homme qui se plie avec trop d'évidence, dans la vie sociale, à la puissance matriarcale, exclusivement cantonnée, en principe, à l'espace domestique, est souplement et rapidement féminisé en *crème*. « C'est la crème des hommes », autrement dit : où est passée sa testostérone ? Il est dénué de toute agressivité...

Mieux encore, on le traitera de *bonne pâte* : malaxable à volonté par le sceptre domestique du rouleau à pâtisserie dont j'ai évoqué plus haut la terrifiante autorité.

*

Ce sont souvent les mêmes qui n'ont pas *la frite*, murmurent les mauvais esprits. Ou qui l'ont perdue pour avoir été échaudés. Et en sont restés comme deux ronds de flan.

*

Fort heureusement, la langue est ici effet de pouvoir ; on pourrait même dire : manifestation de puissance publique. Dans l'espace domestique, en revanche, dans la sphère privée, l'économie libidinale entre hommes et femmes ne s'ordonne pas, on l'a vu, autour de ce dualisme simpliste. Grâce aux arbitrages continus qui s'exercent dans le Parlement-cuisine, les femmes récupèrent tout ce lexique et continuent de composer avec ; voire de le détourner à leur profit.

En toute subtilité, et sans le crier sur tous les

toits. De temps à autre, pour faire bonne mesure, elles répètent à leurs filles, par en dessus leurs fourneaux, que *c'est dans les vieux pots qu'on fait les meilleures soupes*. Ou que *la beauté ne se mange pas en salade*. Pas très convaincues, cependant. Elles ne le savent que trop bien : c'est un plat, comme la jeunesse, dont les hommes sont très friands.

*

Même s'ils se bornent à manger de ce pain-là au cinéma ou dans les livres. Mais là encore, dès qu'un texte, un spectacle est visité par Éros, retour en force des images de cuisine : comme il est *gratiné*, ce roman, comme il est *épicé*, ce film, *pimenté*, *salé*, *relevé*, *corsé*, *pas piqué des vers*, comme il foisonne de détails croustillants, comme il est *croquignol*, *croquignolet*...

On ignore le plus souvent qu'avec ce dernier mot, souvent usité pour évoquer des panoramas érotico-pornographiques, on ressuscite de petites pâtisseries d'autrefois, cousines des croquembouches, qui croquaient sous la dent avant de répandre sous le palais une explosion d'arômes exquis.

*

L'image inverse, *dessalée*, attribuée aux filles qui ont jeté depuis longtemps leur bonnet par-dessus les moulins, s'explique, elle aussi, par une vieille pratique culinaire : celle de faire longtemps dégorger dans de l'eau fraîche, avant cuisson, la chair du porc — on eut longtemps coutume d'en assurer la fraîcheur sous des kilos de sel au fond de ces gros buffets dénommés « saloirs ». Faute de se livrer à cette opération — baptisée, en toute logique, *dessalage* —, le jarret ou l'échine de porc étaient immangeables. L'image de la fille *dessalée* trahit peut-être un sentiment que les mâles, tout à leurs fanfaronnades, répugnent souvent à avouer : face à la maladresse désarmée des vierges, sortes de petites cochonnes aux saveurs encore mal révélées, leur embarras, si souvent, leur désarroi...

*

Dans ma cuisine, quand j'ai un peu bu (les jours où je me lance dans de longues préparations, je pratique volontiers le « verre de la cuisinière »), lorsque, pour être franche, j'atteins ce délicieux état qu'on nomme « un peu pompette », j'aime à me régaler de ce festin d'équivoques. Et je n'arrive toujours pas à y sentir l'effet graveleux qui fait pincer le nez, tel un graillon, de nos censeurs postmodernes. Non, du tout. Dans cette réversibilité langagière amour-cuisine, dans ce vice-versa entre oralité et génitalité, dans ce soixante-neuf, en somme, de la langue et de la langue, si couramment et joyeusement pratiqués par le français courant, je vois une sorte de génie gaulois.

Au sens où l'on emploie ce mot dans les contes : un lutin qui se serait niché au fond de nos dictionnaires et en jaillirait soudain pour être, lui aussi, de la fête ; et me lancer une brève bourrade, me taquiner d'un malicieux pincement égrillard. L'air de dire : « Hé, n'oublie pas ! N'oublie pas, quand tu parles, le vrai, le vieux visage du monde où tu es née. Quand tu fais la coquine, tu n'es jamais loin de tes marmites ; et, mine de rien, là où tu mets du culinaire, tu mets toujours un peu de cul... »

*

Un de mes bonheurs préférés, dans ma cuisine, mais aussi loin d'elle, c'est précisément de parler et d'écrire un idiome où le mot *langue*, outre « un système d'expression du mental et de communication », pour reprendre la stricte définition du Robert, désigne aussi l'organe musculeux et subtilement tapissé de papilles par l'entremise duquel, entre draps et plats, je goûte, tâte, lape, suce, léchouille, aspire la vie, et me pourlèche de tant de grands et menus plaisirs.

Et par la grâce duquel j'en reçois autant quand je deviens l'invitée d'une autre langue. Rôle que j'accepte bien volontiers.

Car nouveau délice, alors : celui de rendre son tablier.

*

Comprenez-vous maintenant pourquoi, dès qu'on est amené à évoquer sa passion de la cuisine, ou inversement, son goût pour le mitonnage amoureux, on soit aussi spontanément conduit à suivre la pente rabelaisienne de l'accumulation verbale ? L'origine est identique à celle qui vous fait saliver devant un buffet bien garni : le pur appétit. Le désir de sens.

Et on ne chipote pas, dans ces moments-là. On a tellement faim de sens que tous les sens s'y mettent, dans tous les sens. Fringale ! On veut tout. On prend tout.

Un manuscrit [illegible]
[illegible] en [illegible]
[illegible] regard [illegible]
[illegible] ombres [illegible]
& de [illegible]
en manière de [illegible]
des [illegible]
[illegible]

Je tiens à lever maintenant une [illegible] malgré les [illegible] brève [illegible] comptoir [illegible] tous les accidents [illegible] sont [illegible] je ne crois absolument pas [illegible] comme le [illegible] oblige de [illegible] physique non plus qu'[illegible] et quasi protocolaire [illegible] de petits déjeuner ne [illegible] pas [illegible]. Comme tout système organique [illegible] et de [illegible] des [illegible]. À moins de [illegible] sur le [illegible]

7.

Du masochisme masculin, généralement sous-estimé, au regard des pouvoirs démesurés qu'on attribue aux aphrodisiaques ; et de la précellence, en manière de perspicacité amoureuse, des chausseurs sur les envoûteuses à chaudron

Je tiens à lever maintenant un éventuel malentendu. Malgré les clichés ressassés dans les brèves de comptoir, les apéritifs néo-bourgeois et tous les succédanés médiatiques dont ils ne cessent d'accoucher, je ne tiens abolument pas la cuisine comme le préliminaire obligé de l'amour physique ; non plus que sa conclusion nécessaire et quasi protocolaire. Les lits piquetés de miettes du petit déjeuner ne me sont pas infailliblement érogènes. Comme tout épisode orgasmique, l'affaire relève du concours de circonstances et de la coïncidence des épidermes. À moins de vivre l'émoi érotique sur le mode du fétichisme et du trouble obsessionnel compulsif, l'apparition des zéniths de jouissance est le plus souvent hasardeuse. Et c'est tant mieux.

Certes, cuisiner, comme gouverner, c'est prévoir. La préméditation est consubstantielle à l'art des fourneaux, comme au pouvoir. En matière culinaire, cette préméditation se nomme le marché. Mais, au moment de passer aux actes, la cuisine, comme l'amour, autorise des voluptés le plus souvent interdites aux politiques : la fantaisie, l'improvisation, l'imagination, l'abandon à l'instant.

Je ne suis pas sûre non plus que le machiavélisme soit une philosophie à recommander à qui cuisine, ni à qui veut absolument se faire aimer. Trop de stratégie culinaire se pressent et finit par couper l'appétit ; de la même façon que le séducteur ou la séductrice par trop habité de ses calculs éteint le désir et tue l'hormone. Celle du partenaire, mais aussi ses propres effets : il faut impérativement choisir entre s'abandonner ou guetter sans relâche les réactions de l'autre aux ruses, pièges, masques et faux-semblants qu'on ne cesse de lui tendre. Beaucoup de fiascos, à table comme au lit, sont le résultat de ces excès de machination. En réalité, ceux qui les pratiquent sont des infirmes du désir : ils ont si peur de leur appétit qu'ils n'osent pas l'affronter en pleine face, dans sa simplicité, sa vérité. Au partage ils préfèrent la guerre larvée. Dans l'alcôve et dans l'assiette, le résultat est identique : du cérébral, du chichiteux.

Nos grand-mères, sur ces malheureux et malheureuses, avaient un mot cruel mais lucide : elles les nommaient des peine-à-jouir.

*

Quant aux sempiternelles histoires de mixtures au gingembre, de consommé d'huîtres chaudes assaisonnées à la poudre de corne de rhinocéros, d'omelettes d'œufs de moineau relevées de truffes et prépuces de baleine, toutes préparations supposées faire office de fusées foudroyantes à destination du septième ciel, elles m'assomment. Même via l'Internet, s'en procurer les ingrédients relève du parcours du combattant ; et le mijotage de ces mixtures m'a toujours évoqué, de près ou de loin, les intrigues des empoisonneuses, avec les accidents y afférents. Dès l'époque, entre huit et douze ans, où je dévorais, dans la fameuse collection « Contes et légendes », les plus mirobolantes histoires du légendaire mondial, j'avais remarqué que ces histoires de philtres ou de gâteaux magiques, même dans la version « soft » qu'on en présentait alors aux enfants, capotaient systématiquement au moment où, ayant réuni de quoi réaliser la substance envoûteuse, puis l'ayant vaillamment concoctée dans leur chaudron, les héros parvenaient à la phase périlleuse de la manœuvre. Non pas celle qui se déroulait en cuisine : ils s'en sortaient toujours assez bien ; mais, comme dans les romans policiers, le délicat instant où, en douceur, le manipulateur devait conduire le manipulé à s'emparer du verre ou de l'assiette enchantée. Comme chez Agatha Christie ou Hitchcock, tout le manège reposait sur le principe suivant : la victime ne doit surtout pas se méfier de ce qu'elle avale. Et comme l'intrigue se déroulait durant des réceptions ou festins où l'on était constamment perturbé par du tintouin, le personnage qui ingurgitait le mets aphrodisiaque était rarement celui à qui il était destiné. Vengeance privée ou banale négligence domestique en manière de variation sur le thème éternel « on n'est plus servi », l'affaire tournait immanquablement comme lors de ces dîners où l'on se voit servir par la maîtresse de maison un café extra-fort au lieu du décaféiné qu'on avait souhaité.

À ceci près qu'on survit à une nuit de palpitations cardiaques, tandis qu'avec le philtre malencontreusement échangé contre un banal hanap de vin de table, les princes, princesses, nymphes, faunes, génies, géants, dieux et déesses des contes filaient immanquablement à la catastrophe, j'eus tôt fait de le remarquer. Un tanagra se retrouvait enceint des œuvres d'un cyclope ; pour échapper aux poursuites nymphomaniaques d'un laideron caractériel, un Prince charmant devait se faire moine en dépit de son taux élevé de testostérone. À huit ans, j'étais donc déjà très sceptique sur l'efficacité de ces manigances culinaires ; quelques décennies plus tard, ayant pu observer de près, et sur le vif, le comportement de quelques humains irrationnellement épris, je m'obstine plus que jamais à voir dans ces histoires de philtres amoureux une licence poétique inventée aux seules fins de faire avancer plus vite et plus efficacement le schmilblick des récits.

Et dans ma pratique personnelle, par le même goût du plus court chemin entre un point et un autre — en l'occurrence, de ma cuisine à mon lit —, je n'ai jamais accordé ma confiance qu'aux vertus grisantes d'une simple bouteille de bon champagne frais. On plane deux ou trois heures et on n'en parle plus.

*

Du reste, dans les romans, j'ai toujours trouvé plus de panache à des héroïnes qui, telles Manon Lescaut ou l'Odette de Proust, durent les folles passions qu'elles inspirèrent à leur je-ne-sais-quoi et à leur petit tralala, plutôt qu'à des intrigues de chaudron. Par conséquent, quand on vient, pour la énième fois, me rebattre les oreilles d'un mystérieux bouillon d'onze heures, version orgasmique, qui serait seul à pouvoir expliquer pourquoi tel homme, jusque-là gentiment assoupi dans les délices d'un conjugo, a maintenant telle femme furieusement dans la peau alors qu'elle n'est, pour parler comme Swann et comme les mauvaises langues, « même pas son genre », je change aussitôt de conversation : c'est pure paresse d'esprit que de vouloir trouver à ces attachements, si illogiques en apparence, une explication du type « Cuisine et dépendances », copié sur les puériles bouteilles de vin drogué et autres biscuits fourrés à la confiture galante qui arrivaient toujours à point nommé dans mes « Contes et légendes ». S'il était aussi facile de sédentariser la sexualité masculine, cela ferait beau temps que cela se saurait. Les épouses légitimes écraseraient les maîtresses en trois pincées de perlimpinpin érogène ; les avocats enrichis par les divorces se compteraient sur les doigts de la main. Et, surtout, on dénombrerait beaucoup moins de femmes battues.

Non, décidément non, la réalité est beaucoup plus opaque, en même temps qu'infiniment plus simple. Ces affaires d'envoûtements amoureux, comme en astronomie le Big Bang et l'existence de la matière noire, s'expliquent le plus souvent par de l'inexplicable. En définitive, les chausseurs sont beaucoup mieux placés que les cuisiniers et cuisinières pour éclairer ces mystères, eux qui assurent que, lorsqu'on a envie de souffrir, on trouve très facilement chaussure à son pied.

Et que, de leur côté, nombre de chaussures s'entendent extrêmement bien elles-mêmes à dénicher des orteils à martyriser...

*

Apologue d'un profond bon sens sur l'universalité du sado-masochisme et les immenses aptitudes des humains à forger leurs propres douleurs. En matière de sentiments, plus qu'en tout autre domaine, le malheur est un choix, le bonheur une vertu. On l'aura compris : pour ma cuisine amoureuse, je ne suis pas cliente du marché aux tourments auto-infligés. Je préfère allonger mes pieds nus sous la table pour chercher ceux, nus eux aussi, de qui me plaît. Ou les glisser avec les siens sous les draps du plaisir.

*

Par conséquent, avant d'incriminer, devant une fixation érotomaniaque, l'effet dévastateur d'un sortilège de fourneau, mieux vaut commencer par admettre que les raisons de l'amour sont généralement déraisonnables et fondées sur le postulat qu'énonça Montaigne quand il voulut justifier sa passion pour La Boétie : « Parce que c'était lui, parce que c'était moi. » Autrement dit : la police scientifique perdrait son temps à dépiauter sous un microscope les douloureuses entrailles des fous d'amour. Si subtile que soit l'analyse, on n'y trouverait nulle trace d'un pernicieux julep. Les fourberies culinaires n'ont généralement pas pour objectif une partie de jambes en l'air. Mais la mort.

Aussi, à moins qu'on ne les pratique à deux, comme un jeu, une complicité érotique de plus, je tiens les manigances de casseroles comme une perversion répugnante. L'une des moins ragoûtantes qui soient.

8.

De la matrice-cuisine comme théâtre de la cruauté ; et de quelques vices domestiques, au nombre desquels l'empoisonnement

Au terme de cette brève échappée du côté des aphrodisiaques, je m'aperçois que les auteurs des philtres envoûtants sont le plus souvent des femmes ; et, par réflexe, je repense ici aux grandes empoisonneuses, tout particulièrement à Marie Besnard dont la gibelotte de lapereau suscita tant de lignes émues chez les chroniqueurs judiciaires qui l'approchèrent — certains, plus hardis que les autres, s'étaient risqués à y goûter *avant* son acquittement.

La vie dans une cuisine, il est vrai, est pour une femme une perpétuelle incitation au crime ; un encouragement incessant à la transgression des lois non écrites du Parlement domestique où s'opère quotidiennement la métamorphose de l'aliment brut en nourriture cuite. La seule origine du mot *cru* en contient l'explication :

comme son cousin l'adjectif *cruel*, il dérive directement du latin *cruor*, qui s'applique au sang répandu, en voie de coagulation. Le joyeux adjectif *truculent* puise lui-même ses racines, comme le verbe *trucider*, dans un éventail de racines qui évoquent toutes la férocité du dépeçage, de la mutilation, de la décapitation. L'homme truculent, au sens étymologique du terme, est celui qui, avant l'allégresse de la boustifaille, prend plaisir à tailler les corps en pièces — quiconque a participé au meurtre rituel de la Saint-Cochon[1], avec la joyeuse ripaille de boudins frais qui s'ensuit, le comprendra sans la moindre difficulté.

Donc nous voici revenus, dans la matrice-cuisine, au face-à-face entre Éros le vivifiant et son frère jumeau, non moins revigorant, Thanatos, la Mort.

*

Mystère familier à quiconque met les mains à la pâte. Le simple apprêt d'une volaille avant l'enfournage oblige à forcer l'intimité sanguinolente de ses viscères. Et il faut parfois énerver des foies, dépiauter d'un doigt de fée les filaments qui gâtent la saveur des rognons et cervelles, hacher des cœurs, recueillir leur précieux sang,

1. Fête organisée entre amis ou voisins, le jour où l'on tue le cochon. Après avoir entouré le maître de maison dans sa triste besogne, tous partagent la confection, puis la consommation du boudin noir qui vient d'être réalisé à partir des entrailles et du sang encore tièdes de feu ledit cochon.

extraire des moelles, arracher sans les crever de vertes vésicules congestionnées de fiel, ébarber des ouïes, sectionner des testicules, écrêter des occiputs de volaille, laver des intestins... Pas de cuisine sans planche à découper ni instrument contondant. Ciseaux fins et longs pour les herbes aromatiques ; puissants et courtauds pour les poissons. Couteau de boucher, couteau à désosser, à décongeler ; mortier, pilon, lardoire, tranchoir, broyeur électrique, casse-noix, ouvre-huîtres, pince à sucre, pique à escargots, pic à glace analogue à celui qu'immortalisa Sharon Stone dans le légendaire *Basic Instinct* : les instruments de torture, les armes du crime pullulent dans la cuisine. Visibles, et comme fiers d'afficher leur cruauté virtuelle en un bel alignement mural ; ou, au contraire, perversement dissimulés dans les tiroirs et tréfonds des buffets. Mais unanimement prêts à être brandis à point nommé. Pas un jour dans une cuisine sans qu'on ait, au moins une fois, écrasé, pilé, mouliné, pressuré ; ou, pour le moins, coupé et tranché, ne serait-ce qu'une miche de pain.

Et le toxique rôde partout. Au réfrigérateur, pour peu qu'on dépasse les dates de péremption. Dans le placard à conserves : une boîte un peu gonflée servie à un mari ou un amant, et c'est l'attaque fulgurante de botulisme, avec la paralysie où elle figera à jamais le corps aimé...

Enfin la poubelle, à chaque ouverture, nous rappelle, avec son remugle, que notre propre formule biochimique est constamment menacée de décomposition ; et que l'ultime destinée de nos corps sera identique à celle des épluchures, écorces, pépins, noyaux, boyaux, bouts de gras, coquilles qui y achèvent leur parcours au milieu des emballages-plastique. Dans une symphonie odoriférante dont l'harmonie, décidément, nous échappera toujours, voici qu'ils commencent leur tranquille descente vers le néant — l'incinérateur d'une déchetterie, le plus souvent.

Naguère, le contenu de la poubelle, un simple seau, allait vite rejoindre le compost des fumiers, l'écuelle d'une bête. De la sorte, on ne perdait jamais de vue le cycle de reproduction et d'engraissage de nouveaux légumes ou animaux, eux-mêmes bientôt promis à la marmite ; et ainsi de suite. Dans les actes les plus élémentaires de la survie, de la nutrition à l'élimination (on allait aussi très souvent pisser et déféquer sur ledit fumier), on restait alors au plus près du corps, de sa gloire et de sa misère. Dans la ferme, le lisier et le seau à ordures jouaient, sur le mode gaillard, le rôle plus apprêté que les philosophes libertins de l'Ancien Régime assignaient au crâne qui trônait sur leur bureau : avant d'aller trousser la nymphette sur fond de galimafrées d'huîtres et bombances à la volaille de Bresse, ils aimaient à y relire la formule qu'on y avait gravée : *Memento mori*, souviens-toi que tu es mortel.

*

Dans ma Bretagne natale, j'ai souvent assisté, naguère, au spectacle de femmes exécutant vaillamment des lapins qu'elles avaient amoureusement nourris des mois durant, puis les éventrant et les vidant à la main avant de les dépecer, puis de les faire rissoler pour leur petite famille en succulents civets. On prend désormais bien soin de dissimuler aux regards la meurtrière opération, si panique est devenue la peur engendrée par la mort, fût-ce le simple trépas des animaux nécessaires à notre survie.

Vaste tartufferie qui n'empêche quasiment personne de gaver les chats de salon à grand renfort de boulettes du même lapin, viande de conserve qui n'a rien de synthétique, mais provient d'authentiques léporidés, sèchement électrocutés et transformés en capilotade sur les chaînes rationnellement organisées de discrètes usines d'abattage.

Au risque de susciter à nouveau les piaillements des Grands-Prêtres du Consensus Bien-Pensant, je suis persuadée que le bonheur sexuel a plus de chances de s'épanouir dans une société qui a la sérénité de prendre la mort de manière aussi tranquillement frontale que le sexe. Et la lucidité d'admettre qu'elle est preuve de la vie. C'est aussi ce que je demande à ma cuisine, chaque matin, quand j'y entre : la même leçon que les philosophes d'antan, avec leur crâne posé sur leur bureau. Au moment où j'entends, sur la plaque où j'ai posé ma bouilloire, le premier chuchotis de l'eau qui frissonne pour le thé du petit déjeuner, le jour qui se lève m'apparaît comme un nouveau cadeau. Je me jure alors de le dévorer sans en laisser une miette, jusqu'au moment où, le soir venu, je regagnerai ma chambre, épuisée. Et surtout repue par la gamme de plaisirs qu'heure après heure, minute après minute, envers et contre tout, j'aurai réussi à extorquer à la journée.

*

Les Japonais, par ailleurs maîtres de l'érotisme glacé, ont parfaitement compris les voluptés du jumelage entre le plaisir et la mort : au sommet de leurs délectations gastronomiques, ils placent un poisson qui, mal préparé, peut se révéler fatal pour qui vient de le consommer. L'accommodement de sa chair requiert une telle exactitude qu'on dénombre chaque année plusieurs victimes de cette quête de la jouissance par flirt poussé avec la Camarde.

Et c'est le même pays qui a hissé au rang de star l'un de ses ressortissants qui, pourtant, s'était désastreusement illustré à Paris dans les années 80, en assassinant puis dépeçant sa maîtresse, une jeune et belle Hollandaise. Issei Sagawa en entreposa la chair dans son congélateur avant de la consommer par petites portions. Cette patiente dégustation de sushi humains fut heureusement interrompue par la police française qui conclut, comme mobile du crime, à de graves troubles psychologiques. Le Japon, vers lequel le cannibale fut extradé, ne l'entendit pas ainsi. Les habitants du Pays du Soleil levant lui pardonnèrent très vite, au point de le libérer, puis d'en faire un critique gastronomique extrêmement respecté. Non par démagogie : tout simplement pour la propension de la civilisation japonaise à envisager la cuisine, aussi bien que l'amour, comme un théâtre de la cruauté. Jusqu'aux extrêmes du cannibalisme amoureux.

*

Mais, après tout, qui d'entre nous n'a un jour enfoncé ses dents dans un corps désiré, parfois jusqu'à le mordre ? Qui n'a murmuré alors, animé sans doute par les même pulsions d'ogre ou d'ogresse mal assoupies au tréfonds de son cerveau limbique : « Je te mangerais... » ?

L'emploi du conditionnel, au lieu du futur simple, a pour effet de rassurer le partenaire en lui indiquant gentiment que cet accès d'agressivité cannibale est parfaitement contrôlé, et que le corps à corps entre les draps ne va pas finir comme au château de Barbe-Bleue. Simple aphrodisiaque verbal : la frontière entre l'archaïque pulsion anthropophagique et les usages de la vie dite civilisée sera respectée. Quel que soit le brio déployé par ailleurs par le locuteur quand il est en cuisine à affûter ses couteaux.

*

L'importance que le *Kama Sutra* accorde aux griffes, et surtout aux morsures, démontre aussi cette rémanence du cannibalisme dans l'acte sexuel. L'auteur de ce grand classique de l'art d'aimer alla jusqu'à dresser un catalogue raisonné de ces petites méchancetés érogènes en mesurant à chaque fois leur efficacité, évaluée selon la partie du corps où elle s'applique, ainsi que par la pression respective, sur la peau, des lèvres, de la langue et des dents. La terrible « morsure du sanglier », par exemple, sur les seins et les épaules, où tout l'appareil buccal est convoqué pour dessiner plusieurs lignes rougeâtres, signale une grande passion. La « ligne de points », en revanche, simplement tracée avec deux dents à l'intérieur des cuisses, indique que la possession de l'amant par l'amante — ou inversement — se limitera à la jouissance du moment.

*

Dans ce savant répertoire, je vois du réalisme, non de la perversité. La copulation, d'une façon ou d'une autre, est une recherche d'ingestion de l'autre, ou, ce qui revient au même, une demande d'incorporation par lui — question de fantasmes. La même requête s'exprime par les plus chastes des baisers ; et plus généralement, dans n'importe quelle posture où figure la bouche. Ne jamais oublier, dans cette perspective, que le mot *vamp* dérive directement du mot *vampire*. Et que, communément, nous disons d'un être exagérément possessif qu'il nous « suce la moelle » ou nous « pompe les sangs »...

Quelquefois, certes, les amants se laissent exagérément déborder par leurs pulsions, tuent et dépècent l'élu de leur cœur sans nécessairement aller, d'ailleurs, jusqu'à le consommer à la sauce cannibale. On se souvient notamment de Simone Weber qui, après avoir empoisonné l'un de ses amants, le découpa à grands coups de tronçonneuse sur le carrelage de sa cuisine. Le mobile était tristement classique : l'homme la trouvait envahissante, commençait à l'éviter. Par cette méthode doublement culinaire (intoxication suivie de découpage), madame Weber cherchait, semble-t-il, à se le réapproprier symboliquement.

Ce n'est pas ce que je lui reproche. Je suis révulsée par l'arme du crime : la tronçonneuse sortait du garage, elle n'avait jamais fait partie de sa batterie de cuisine. Tout de même, par simple égard pour la tendre matrice où elle avait servi tant de petits plats à son amant, madame Weber aurait pu s'attaquer à son cadavre avec des outils moins grossiers. Plus artistes, plus délicats. Plus appropriés au lieu où elle avait choisi d'officier.

*

Mais, le plus souvent, le profil du criminel au féminin est celui de la simple empoisonneuse. Il en est des variantes affadies, chez qui l'agression alimentaire demeure à l'état de velléité. En quelque sorte, à défaut de fauter en actions, celles-là se bornent hypocritement à pécher par intention. Ces pusillanimes du bouillon d'onze heures, par leur couardise même, en disent long sur le fantasme du fiel mêlé au miel. On m'a ainsi relaté le scénario que mitonna une séductrice sur le retour pour éloigner la jeunette que, la cinquantaine venue, elle avait trouvée sur son chemin. Cette femme avait été très belle ; lorsqu'elle crut, par une illusion aussi sotte que commune, qu'avec sa jeunesse elle avait perdu tout empire sur les mâles, elle s'était subitement passionnée pour la cuisine qui, jusque-là, l'avait laissée indifférente. Elle ne cessait plus de s'affairer au-dessus de ses fourneaux avec la même minutie qu'un apothicaire devant sa paillasse et son pilon.

Cependant, stricte vérification du dicton populaire qui veut que la peur n'évite pas le danger, une jeune rivale s'était interposée entre sa majestueuse personne et l'homme qu'elle voulait à toutes fins continuer de régenter par la voie culinaire ; et la doyenne était d'autant plus excédée que la gamine s'adonnait elle-même à la cuisine, quoique sous une forme considérablement allégée.

Mais l'autre était rouée ; dès qu'elle comprit qu'elle était bafouée, selon une stratégie courante dans les harems et les QG où s'ourdissent les guérillas, elle choisit non le conflit frontal avec sa rivale, mais une vaste entreprise de démoralisation, en usant pour commencer des seules armes dont elle fût persuadée de l'excellence : les fourneaux. Elle se renseigna donc sur les goûts et répulsions de l'autre ; puis, sous un prétexte futile, elle la convia à déjeuner. Entre mets succulents, elle lui servit une purée d'un extraordinaire raffinement. La petite s'en régala sans barguigner et, simple affaire de convenances, jugea opportun de l'en féliciter. À sa grande surprise, l'autre partit illico d'une cascatelle de rires : c'était du chou-fleur, s'esclaffa-t-elle ; et bien qu'elle exécrât ce légume, la jeunette n'en avait pas reconnu la saveur...

Entre femmes qui cuisinent, l'acte de la doyenne équivalait à une danse de guerre. C'était dire à sa concurrente : puisque j'ai facilement trompé vos papilles, c'est que vous ne valez pas grand-chose, ni à table ni au lit. Et j'ai assez de bouteille pour faire une seule bouchée de vous quant au reste, dès que l'occasion s'en présentera.

C'était négliger que la jeunette se savait profondément et sincèrement aimée ; pour l'émouvoir, il lui en fallait bien davantage. Elle se força donc à oublier qu'elle avait mangé du chou-fleur et reprit vaillamment une lichette de purée. Puis, quand elle eut bien fini son assiette, elle renouvela son compliment : une supercherie si parfaite, c'était vraiment du grand art ; il était si rare, du reste, de le maîtriser à ce point que les commissaires de police l'avaient baptisé d'un mot célèbre. Piquée au vif, partagée entre l'inquiétude, la vanité et la curiosité, la velléitaire empoisonneuse eut alors la faiblesse de lui demander quel était ce mot si fameux : « Le syndrome Marie Besnard », lui fut-il aussitôt répliqué. La jeunette ne fut plus jamais réinvitée.

*

J'ignore si ce fut pour le mépris qu'elle afficha devant la déclaration de guerre culinaire, ou pour l'irrémédiable affront que représentait le parallèle qu'elle avait établi entre son hôtesse et la bonne dame de Loudun, déjà citée ici : des années après sa mort, la réputation de Marie Besnard demeure plutôt exécrable. Pourtant, dans l'art de la traîtrise de fourneau, elle surpassait largement ma moulineuse de choux-fleurs. Et c'est justice, car elle eut au moins le cran, elle, d'aller jusqu'au bout de ses arrière-pensées. Par ailleurs, la Diabolique de Loudun avait l'élégance de jouir en silence de ses tours de passe-passe ; et, à mon sens, elle démontra dans ses mitonnages une passion contenue qui n'est pas loin de l'apparenter aux grandes amoureuses raciniennes. Car, bien avant le temps où elle s'employa à expédier dans l'autre monde, via ses ragouts à l'arsenic, les vieillards qu'elle avait pris en pension complète, Marie Besnard avait appliqué sa virtuosité rissolante et fricassante à son seul grand amour : un jeune prisonnier allemand que l'administration l'avait enjointe d'employer dans sa ferme, et dont elle s'était follement éprise. Elle avait alors cinquante ans ; lui, à peine vingt. Elle l'étourdit de ce qui lui restait d'appas, accommodés aux seuls aphrodisiaques qu'elle eût sous la main : le fumet de ses ratas, l'excellence de ses œufs à la neige, les effluves de ses petits salés, enfin sa manière incomparable de faire mijoter girolles et bolets. Façon de nourrir sa proie à la cuisine afin de mieux pouvoir la dévorer au lit.

Charmes qui n'y suffirent pas : le jeune homme, dès qu'il put, s'en retourna outre-Rhin. Si vite que, quelques années plus tard, ce fut sous l'effet de cette mortelle frustration, semble-t-il, que la Besnard prit le pli d'assaisonner ses vieux pensionnaires à la mort-aux-rats. Elle avait échoué avec la jeunesse, il fallait bien qu'elle se venge sur ce qui lui restait, même si c'était le troisième âge. Avec les vieillards, évidemment, l'enjeu n'était plus le sexe, il s'était déplacé sur ce qu'on appelle encore dans nos campagnes la « grosse galette » (l'héritage). Mais, dans les deux cas, il s'agissait de séduction, au sens premier du terme : emmenée à son insu sur des chemins de traverse (*seducere :* conduire loin de la route habituelle), la victime se retrouvait à subir des méfaits qu'elle n'avait jamais soupçonnés. Leur avant-goût n'ayant été que délices, comment aurait-elle pu deviner qu'elle était tombée sous la dent d'une mangeuse d'hommes, avant d'aller nourrir les croque-morts ?

*

D'après un vieil adage policier, le poison est l'arme des femmes. J'en conviens sans discuter. Dès qu'il y a dessein réfléchi, que ce soit dans le crime, la littérature ou la politique, tout être sensé réquisitionne l'ensemble des talents où il excelle. En cas de conflit, le mâle brandit très rapidement les armes phalliques : revolver, carabine, poignard, batte de base-ball, automobile, ou tout simplement ses poings. La femme, elle, concentre lentement ses forces à l'abri de l'espace clos du vieux pouvoir matriarcal, avant de retourner silencieusement en arsenal de mort l'attirail qui jusque-là servait à maintenir la vie.

L'empoisonnement, cependant, requiert d'autres talents que la cuisine : un immense sang-froid (tendre le verre ou l'assiette sans trembler) ; un grand brio d'acteur (sourire, contrefaire le plus parfait naturel) ; une rigueur extrême dans la mise en scène (exclure les témoins, endormir les soupçons de l'entourage et de la future victime). Par les qualités qui président à tout savant concoctage, ce type de crime demeure toutefois fortement apparenté à l'art culinaire : il y faut du doigté, le sens du dosage, la maîtrise parfaite de la science des mélanges, des épices, des arômes, des fumets. Enfin, il suppose une maîtrise achevée de l'art patient du silence : avant de passer aux actes, l'empoisonneuse doit consacrer beaucoup de temps à son marché de substances délétères ; soigner avec minutie son attaque surprise ; et, comme s'il s'agissait d'un dîner de fête, contrôler le moindre détail de sa scénographie toxique.

Ce qui n'exclut pas qu'à l'endroit de la personne visée par l'omelette à l'amanite phalloïde et le verre de bordeaux gorgé de dormitifs, elle ne puisse éprouver, comme lors des dîners aux chandelles, une authentique passion.

9.

De la séduction par voie culinaire, variation sur deux exemples

Malgré son festival de raffinements techniques, je trouve cependant le procédé de l'empoisonnement, en matière amoureuse, assez vulgaire. Plutôt bas ; et, par surcroît, comme tous les crimes passionnels, absolument vain puisqu'il aboutit, par définition, à la destruction même de l'objet aimé. Voilà sans doute pourquoi j'ai éprouvé un grand soulagement le jour où, décortiquant les témoignages du temps, je découvris que cette séductrice hors pair que fut la Cléopâtre historique n'eut pas besoin de ces artifices pour retenir ses amants. S'ils s'attardèrent à Alexandrie, ce ne fut pas sous l'effet d'une ultime coupe que la reine leur aurait proposée pour la route après y avoir versé de quoi les immobiliser d'une tourista carabinée. La dernière reine d'Égypte s'y prit bien autrement. Elle n'était pas belle, pourtant ; mais voilà : elle savait recevoir. D'un avis unanime, elle était unique dans l'art de soutenir, au-dessus des mets les plus exquis, une conversation intelligemment souriante. Experte dans l'art de saupoudrer le propos politique de rires à pleine gorge, elle pouvait aussi y glisser, à l'occasion, de bons gros calembours. Ce qui changeait ces généraux recrus d'épreuves des mines de leurs matrones constamment congelées, voire constipées par la conjugale et romaine obligation d'austérité.

Cléopâtre s'était toujours refusée à apprendre le latin, langue qu'elle considérait comme le vocable des rustauds. Elle ignorait donc que les *deliciae*, voluptés de bouche et du sexe, se rattachaient dans cette langue à une seule et même racine — **lax* — qui désignait simultanément la magie, la fourberie, le raffinement, la séduction, enfin la délectation en général. La reine d'Égypte n'en avait que faire : elle le savait d'instinct. À sa table, on descendait l'amphore de vin du Delta avec autant d'allégresse qu'on se repaissait des petites farces dont elle parsemait ses festins. Tout le monde se souvient de la fantaisie qui la prit un jour, après un pari avec Antoine : elle lui avait juré qu'elle n'aurait aucune peine à lui offrir le repas le plus coûteux que le monde eût jamais vu. Il en douta ; d'une main exquisément légère, elle s'amusa alors, par défi, à dissoudre une énorme perle dans un hanap de vinaigre. Non pour la boire, Cléopâtre avait le palais trop délicat. Mais à seule fin d'épater la galerie...

Du temps de César, elle avait montré plus de

réserve : homme pressé, par ailleurs dandy et fort soucieux de sa ligne, l'*imperator* s'était assez vite lassé de ces facéties dînatoires. Pas Antoine ; le nouvel amant ne se formalisa pas d'engraisser au régime cléopâtrien, si arrosé qu'il résistait à ses visites quotidiennes au gymnase. Dès que la reine eut achevé de l'épater avec la naissance de jumeaux, fille et garçon, il souscrivit sans hésiter à sa proposition de fonder un club de banqueteurs érotico-gastronomico-mystiques, le célèbre *Cercle de la Vie inimitable*.

On ne connaît pas le détail de ces bacchanales. On sait seulement que le sexe, le vin et la ripaille étaient censés ouvrir aux deux amants les chemins d'une nirvanesque survie dans l'au-delà. Ces fêtes, en tout cas, détournèrent assez le couple des réalités politiques pour ouvrir à leur rival Octave le chemin libre à l'annexion de l'Égypte. Durant les mois qui précédèrent la chute d'Alexandrie, Antoine en prit brutalement conscience. Comme il était trop tard pour tenter de résister, il traversa un long épisode dépressif pendant lequel, isolé dans une hutte au bout d'un cap sauvage, il fut saisi d'anorexie. Pour le ramener à l'appétit, la reine prit la décision de dissoudre le Cercle de la Vie inimitable avec la même résolution que sa perle dans le vinaigre. Antoine revint dans sa couche ; il n'avait pas recouvré l'appétit qu'elle ressuscita leur club sous la forme de l'étrange *Société des Amants de la Mort*. Comme le précédent, ce cercle comptait douze membres et siégeait pendant de longs banquets nocturnes, présidés, ainsi que l'autre, par le couple maudit. Ainsi Antoine, de festin en festin, s'accoutuma-t-il à l'idée de quitter ce bas monde. Jusqu'à l'ultime dîner, sorte de Cène avant l'heure, qui réunit les douze compagnons quelques heures avant l'attaque par Octave des remparts d'Alexandrie.

Les deux amants avaient parfaitement compris que leur sort était scellé ; exactement comme, cinquante ans plus tard, à l'autre bout des déserts, le Christ et ses apôtres du côté de Jérusalem. Mais, une fois encore, faute d'avoir eu ses évangélistes, la signification exacte de l'ultime dîner cléopâtrien nous demeure inconnue. On sait seulement qu'il n'y eut pas de treizième à table : forte d'une longue expérience de la trahison, la dernière reine d'Égypte écartait d'un seul coup d'œil les éventuels Judas. Il est également attesté que, beaucoup moins sobre que ses imitateurs chrétiens, le couple royal ne se contenta pas de tremper frugalement son pain dans son vin. Antoine et Cléopâtre banquetèrent à leur ordinaire, avec cérémonie et force raffinements, puis se séparèrent au-dessus d'une ultime coupe. Aussitôt, dit-on aussi, résonnèrent dans la ville assiégée les youyous du cortège traditionnellement associé au dieu protecteur d'Alexandrie, Dionysos, dieu du Vin et des Libres Plaisirs : il désertait à jamais la place. Le lendemain, Antoine, au plus beau de sa digestion, se perça le ventre de son épée. Cléopâtre veilla sur son agonie, puis se rendit aux Romains et, trois mois durant, tenta de négocier avec Octave, nouveau maître des lieux.

Il l'avait assignée en résidence surveillée dans son palais et n'avait rien de l'Apollon qu'il rêvait d'incarner. Il était maigrelet, retors, tourmenté de psoriaris et de coliques à la première contrariété : impossible de l'avoir à l'estomac. Aussi, quand elle fut avertie par ses sbires qu'il projetait de l'emmener à Rome pour la faire défiler dans son triomphe puis la laisser rancir, tel Vercingétorix, dans un quelconque cul-de-basse-fosse, la reine, qui avait déjà tenté de se taillader les veines après la mort d'Antoine, comprit qu'il n'était plus question de se rater : parallèlement à leurs négociations où il avait commencé d'alterner le chaud et le froid, Octave, elle le sentait bien, lui mijotait toute une gradation d'humiliations fort savamment dosées.

Il avait négligé un seul détail, le talent majeur de la reine : la perspicacité. En psychologue accomplie, doublée par ailleurs d'un escadron d'espions unique en son genre dans toute la Méditerranée, Cléopâtre localisa sa faille : son rapport au sexe et à la nourriture, précisément. Le nouveau maître de Rome pratiquait les plaisirs de table de la même façon que l'amour, avec dédain, d'une lippe qui donnait dans le rictus plutôt que dans le sourire élargi par le bonheur de vivre. Ce serait donc par là qu'elle le bernerait.

Aussi, la veille de son départ pour Rome, lui

quémanda-t-elle la grâce d'un ultime et luxueux repas en solitaire. Le Romain crut à la nostalgie des agapes qu'elles avait si brillamment illustrées avec ses deux clubs successifs. Il lui accorda cette faveur avec un mépris réjoui et laissa à sa discrétion le menu de son dîner : si machiavélique fût-il, jamais Octave ne pouvait imaginer qu'il serait pigeonné par un simple complot de cuisine ; et qu'avec le sobre dessert que la reine avait réclamé — un banal panier de figues — elle avait aussi commandé qu'on y fourrât une grappe de petites vipères, parmi les plus meurtrières qui soient dans les sables d'Alexandrie. Comme prévu, elles mordirent son bras au moment précis où elle enfonçait ses propres dents dans la chair juteuse de ces fruits dont le nom, en grec populaire, désignait aussi le sexe féminin...

Ainsi la femme qui avait porté à son zénith le tressage quotidien de la passion amoureuse et des plaisirs de bouche parvint-elle à duper par la même voie le plus aride de ses adversaires politiques, tout en réussissant une sortie si théâtrale que l'Histoire, depuis, n'en a jamais trouvé l'équivalent. Paraphrasant par anticipation Clausewitz, Cléopâtre démontra par là même qu'à défaut de la guerre un menu judicieusement choisi demeure la dernière solution là où la diplomatie a échoué.

*

Pour autant, je ne souscris pas du tout aux miraculeuses vertus séductives qu'on attribue communément à la cuisine en lui prêtant le pouvoir imparable de retenir, comme dans la chanson de Gréco, « les p'tits maris qui se débinent ». L'anecdote de la purée aux choux-fleurs, qui se conclut sur la victoire de la jeunette sur la doyenne, nous l'a d'ailleurs amplement démontré.

À moins, bien entendu, qu'on ait affaire à un spécimen mâle particulièrement attaché au contenu de son assiette. Mais alors vaut-il le coup qu'on se démène pour lui si passionnément, si continûment, au-dessus des fourneaux ? Le premier manuel de psychanalyse populaire nous avertit que, lorsqu'une femme triomphe d'une rivale grâce à ses seuls talents de cordon-bleu, elle ne réussit en réalité qu'à encourager chez son partenaire un investissement libidinal *antérieur* à son festival gastronomique. En vérité, ce n'est là qu'une victoire par défaut ; elle ne la doit qu'à l'indigence de sa, ou de ses, concurrentes. Celles-ci, peu fûtées, n'ont manifestement pas su détecter l'attachement de leur mâle aux voluptés de l'estomac. Elles n'ont donc pu ni le satisfaire ni *a fortiori* l'exploiter. Certes, l'inconstant a cessé de courir le guilledou ; mais s'il reste au bercail pour la seule qualité de la table, cela ne signifie pas nécessairement qu'il soit épris de la cuisinière. C'est son assiette qui le passionne, non ce qui se passe dans son lit. Sa mangeoire est mieux remplie que chez sa maîtresse, un point c'est tout.

Chez la gourgandine, s'il voulait se nourrir à son goût, il était forcé de l'inviter au restaurant. À la longue, cela chiffrait. Ou, pis encore, il était obligé de jouer les marmitons.

Par conséquent, lorsqu'une femme reconquiert un homme grâce à ses talents de cuisine, le seul compliment qu'elle puisse s'adresser, à mon avis, c'est d'avoir découvert que le point faible de son compagnon est l'estomac ; puis d'avoir appliqué scrupuleusement la leçon du vieux proverbe breton : *« Femme bonne crêpière mène son mari à sa manière »*. Sa stratégie culinaire (assez épuisante, au demeurant) lui aura au moins épargné scènes de ménage, bris de vaisselle, divorce, déménagement et tutti quanti. Saine gestion de l'économie domestique. Mais qu'on ne vienne pas ici, par pitié, me parler de passion.

*

Du reste, encore faut-il s'assurer que l'homme volage ne regagne pas ses pénates aux seules fins d'assouvir une fringale qu'il vient de contracter dans les draps d'une rivale talentueuse au lit, mais parfaitement nulle aux fourneaux — nombre de mâles sont virtuoses dans ces tours de passe-passe. Donc, vérifier scrupuleusement qu'il ne court pas directement de la couette de l'une à l'assiette de l'autre. Je ne connais pas plus humiliante trahison.

*

Mais revenons un instant sur l'influence, dans la séduction amoureuse, des ruses, manœuvres et manigances qui président aux métamorphoses des produits dans la matrice-cuisine. Sans s'égarer à la confection d'aphrodisiaques ni se risquer à l'empoisonnement, certains exemples d'appropriation définitive de mâles par voie culinaire méritent qu'on s'y attarde. D'une vieille séductrice récemment disparue — par ailleurs, excellente cuisinière — je tiens cette anecdote qui la fascinait à tel point qu'elle la racontait des décennies plus tard avec la jubilation d'une rouée qui n'en finit pas d'en faire ses choux gras. C'est sur un plateau de cinéma qu'elle avait croisé l'actrice Josette Day, l'héroïne de cette saynète érotico-culinaire. L'époque était rude aux filles de condition modeste — ma narratrice elle-même était bien placée pour le savoir. Qu'elles fussent déclassées, comme elle, ou issues d'un milieu populaire, elles n'apprenaient pas la cuisine par snobisme, dilettantisme ou pure gourmandise, comme de nos jours où règnent le lyophilisé, le surgelé, le prêt-à-micro-onder, sans compter les lave-vaisselle. Si une jeune fille voulait se caser — le seul radieux horizon qu'on lui proposât généralement —, il fallait impérativement qu'elle sût mettre la main à la pâte. La cuisine était donc, avec le ménage et la couture, un vade-mecum obligé, son « bagage » comme on disait alors : contrairement aux bourgeoises, il y avait fort peu de chances qu'elle fût jamais servie.

Comme tant d'autres, Josette Day avait donc appris à filer le caramel, gratiner le cassoulet, épaissir la sauce hollandaise, manier le fouet, faire gonfler le soufflé au fromage ; et à monter la mayonnaise en tous temps et tous lieux [1]. Toutefois, dès sa prime jeunesse, dans les années 30, elle avait compris qu'il serait peut-être moins exténuant de se frayer un chemin dans le monde grâce à sa beauté, qui était spectaculaire ; et elle était devenue actrice de cinéma.

Cependant, avec la guerre puis l'Occupation, les temps étaient subitement devenus difficiles. Le pigeon se faisait rare, Josette Day désespérait de jamais parvenir à en plumer un seul. Elle finit néanmoins par se faire remarquer d'un richissime industriel. Mais celui-ci, sans doute échaudé par de précédentes romances, se méfiait énormément des femmes pour l'intérêt puissant qu'elles portaient à ses comptes en banque. Avec une mention particulièrement négative à l'endroit des actrices ; et une réserve encore plus spéciale envers cette Josette Day dont il avait bien vu, dès les premières heures de leurs roucoulades, qu'elle avait les dents particulièrement aiguisées.

Aussi, au bout de quatre ou cinq nuits, et en

1. En dépit du vieil adage culinaro-médical qui veut que *« Femme en menstrues, lait tourné, sauce ratée, vin foutu » ;* nouvelle preuve, s'il en était encore besoin, des liens obscurs qui unissent la cuisine et la sexualité féminine.

dépit de ses talents d'alcôve (d'après nombre de témoignages, ils étaient non négligeables), Miss Day ne parvint pas à pousser plus loin sa petite affaire. À bout d'exaspération, et craignant d'être doublée par une rivale, elle se souvint alors des leçons d'économie ménagère qu'elle avait reçues dans son jeune temps. Loin de supplier son amant de l'emmener au restaurant, loin de lui réclamer, comme ses concurrentes, fourrures, bijoux et parfums, elle décida de s'y prendre par un procédé rigoureusement inverse : l'investissement culinaire.

Le pari, en ces faméliques années, était extrêmement risqué. Néanmoins, au regard du pactole à rafler, le coup méritait d'être tenté. Miss Day loua donc un modeste deux-pièces où elle emménagea. Le reste fut question de théâtre — après tout, ce n'était pas pour des prunes qu'elle avait appris la comédie.

Elle commença par décorer son minuscule nid d'amour de quelques meubles sobres et de tableaux de bonne facture — élégants, sans plus. Puis elle s'arrangea pour que son nabab se sentît obligé de l'inviter à dîner dans un lieu chic et cher. À peine eut-il fini sa phrase qu'elle déclina l'offre. Non-non-non ! se récria-t-elle avec la dernière énergie, elle préférait le recevoir chez elle, eu égard à la gravité des temps.

L'industriel obtempéra de bonne grâce : voilà qui le changeait, voilà qui était piquant. Voilà qui, de surcroît, était tellement économique —

la cruauté de l'époque, on ne le dira jamais assez, n'épargnait pas les riches... Il s'exécuta donc.

À peine arrivé chez l'actrice, il fut tout de même étonné par la simplicité et l'exiguïté du deux-pièces. Encore plus surpris de constater que la belle Josette n'avait nulle domesticité à son service. Enfin carrément stupéfait quand il la vit s'enfuir à la cuisine pour surveiller, chuchota-t-elle avec une confusion si bien feinte qu'il n'y vit que du feu, le rôtissage d'un charmant petit filet de bœuf.

Et non seulement, ce soir-là, Josette Day lui servit un repas succulent, manifestement confectionné à partir d'ingrédients acquis à prix d'or au marché noir, mais la belle, toujours aussi délicieusement rougissante et confuse, s'éclipsa de table à plusieurs reprises pour aller réenfiler un tablier par-dessus sa robe du soir, aux fins de lier ses sauces et démouler ses gâteaux sans en gâcher le précieux satin.

Le milliardaire, habitué à estimer au centime près les plaisirs qu'il recevait comme ceux dont il gratifiait les autres, se sentit traversé par un début d'attendrissement. Cependant, il recouvra vite son sang-froid : il appartenait à la race de ceux qu'on ne ferre pas d'un seul coup. Miss Day fut donc contrainte de rejouer la pièce à son coriace Crésus une bonne dizaine de fois, avec la même conviction et une identique subtilité. Tout en renouvelant ses menus à chaque dîner, ce qui n'était pas une sinécure en ces jours de rationnement... À force d'obstination à le travailler et retravailler, entre son lit et son réchaud, comme beurre qu'on manie, l'amant finit par fondre, si bien qu'un beau matin il confia à son meilleur ami, l'œil mouillé, qu'avec cette Josette Day il venait de dénicher l'oiseau rare : pensez donc ! une femme capable, pour lui et pour lui seul, de se saigner aux quatre veines, d'engloutir ses cachets à lui concocter dîner aux chandelles sur souper fin ! Sans compter le temps qu'elle y passait, les risques encourus à négocier ses victuailles dans les tortueux circuits du marché noir... Voilà qui pouvait s'appeler un amour désintéressé. Car, par surcroît, il l'avait constaté *de visu* et dûment vérifié — ça n'était pas à lui qu'on pouvait la faire —, ces petits festins sortaient des blanches mains de la belle ! Et le comble, jamais une plainte ! L'adorable Josette ne lui laissait jamais rien paraître de la dépense, qu'elle fût physique ou financière ; une fois qu'ils en arrivaient au lit, nulle migraine de circonstance, pas une récrimination...

Et, sitôt closes ces confidences, le Crésus belge épousa la pigeonneuse autant que pigeonnante Josette. Elle abandonna aussitôt fourneaux et plateaux. Car, inutile de le préciser, de ce jour et sa vie durant, Miss Day ne toucha plus à la queue d'une poêle. Jusqu'à sa mort, elle fut servie.

*

On le voit bien : ce n'est pas la cuisine qui compte. Comme dans le cas des empoisonneuses, c'est le but, réaliste ou parfaitement symbolique, que la femme poursuit en amadouant par ses petits plats l'homme convoité.

Une fois de plus, d'ailleurs, l'étymologie nous renseigne très utilement. Celle du mot *mets* nous renvoie au verbe latin *mittere* : envoyer. Même racine dans les mots *message*, *missive*. Aussi, chaque fois que vous réalisez un plat pour celui ou celle que vous aimez, songez que vous lui adressez une sorte de billet gustatif. Un courrier gastronomique dont vous attendez, plus ou moins consciemment, qu'il vous rapproche de lui ou d'elle, dans une tendre communion de saveurs choisies avec le même soin que les phrases de vos lettres d'amour. Pour rejoindre ce qu'il, ou elle, détient de plus voluptueusement intime, vous lui envoyez, via le verre et l'assiette, tout votre espoir de *sens*. Une fois encore, dans toutes les acceptions du mot.

*

Qui aura donc encore l'outrecuidance de s'obstiner à prétendre que c'est pur artifice phonétique si l'on rapproche aussi souvent, en France, les mets et les mots ?

10.

De la souveraineté de Schéhérazade comme figure emblématique des bonheurs-de-langue

Dans le recueillement de ma cuisine, face à ma théière dont les flancs laissent peu à peu s'enfuir, telle une allégorie du temps qui passe, la chaleur de l'infusion, je me demande par cette nuit d'insomnie sous le patronage de quelle figure, dieu, déesse, créature mythologique ou romanesque je pourrais bien placer ce frêle bonheur que, jour après jour, j'essaie de m'offrir ici. J'ai beau chercher, je ne vois qu'une seule image que je puisse doter de cette grâce : la sublime conteuse des *Mille et une Nuits*, Schéhérazade.

On aime à la voir, en Occident, sous les traits d'une pittoresque créature apparentée aux danseuses du ventre. Malgré l'extraordinaire prestige qui s'attache à son nom, on oublie souvent que les mille et un contes dont elle est censée être l'auteur — Aladin et la lampe merveilleuse, Sinbad le Marin, Ali-Baba et les Quarante Voleurs,

Dalila la Rusée... — ne sont que les sous-récits d'une plus vaste histoire dont cette femme de goût (dans toutes les acceptions du terme) fut elle-même l'intrépide héroïne.

Il n'est pas vain de rappeler la fiction qui forme le fil de son extraordinaire collier d'inventions littéraires : pour avoir été trompé une fois, le sultan Shahriyar avait pris la sinistre habitude de décapiter ses épouses à l'issue de leur nuit de noces. La démographie de son royaume, à la longue, s'en trouva menacée ; et la hardie Schéhérazade, contre l'avis de tous, fit le pari de le guérir. Elle l'épousa. Dès la première nuit, après l'amour, elle mit en branle une histoire. Tout névropathe qu'il fût, le sultan ne l'interrompit pas, si artiste, dès ses premiers mots, avait été le déroulé de l'intrigue imaginée par Schéhérazade ; et si puissante la vie dont elle avait doué ses personnages. Enfin ses descriptions avaient envoûté le sultan au point de le tenir sur le gril jusqu'à l'aube. Le soir à nouveau tombé, il réclama donc la suite de cette histoire qu'elle s'était bien gardée de finir. Même manège la deuxième nuit, la troisième, la quatrième. Jamais, avec l'aube, Schéhérazade ne livrait le dénouement du récit. Chaque soir, elle tenait le sultan si captif des mots qui tombaient de ses lèvres qu'à la mille et unième de ces nuits, vaincu par son festin de récits, il ne songea plus ni à l'adultère dont l'amertume n'avait cessé de le poursuivre ni à la vengeance qu'il voulait perpétuellement en tirer.

Soir après soir, à force de mots, habile et patiente, Schéhérazade l'avait séduit. Conquis, guéri.

Vaste entreprise de détournement d'une libido maladive, dirait un psychanalyste, par thérapie littéraire. Mais, dans cette longue ripaille de contes, il y eut aussi beaucoup de cuisine, car Schéhérazade ne cessa pas de concocter des récits qui, de façon directe ou indirecte, ramenaient toujours son sultan, si violemment épris de la mort, à la gourmandise. Donc à la vie. Les fumets qu'elle lui décrivait étaient à eux seuls un suspense ; il suffisait qu'elle évoquât la chair d'un chevreau rôti ou la subtile agacerie d'un condiment rare pour que le cruel Shahriyar, l'eau à la bouche et la narine palpitante, en oubliât la hache posée à côté de leur lit. L'existence, d'un coup, lui paraissait aussi exquise que le plat dont elle venait de lui narrer les saveurs. Par la simple grâce de ses phrases, Schéhérazade, à bouche que veux-tu, formait et reformait autour du sultan le fameux triangle désir-parole-nourriture qui préside à l'essor et à la permanence de l'amour. Et cela l'apaisait, le soignait.

Ainsi, ce chemin de traverse à la fois littéraire et culinaire, cette double séduction par voie de bouche ramenèrent à son insu Shahriyar vers la jouissance et le sourire, si experte était Schéhérazade, au-dessus de leurs brochettes au miel et de leurs sorbets à la rose, dans l'art de lui rendre confiance en la puissance de l'imaginaire, du rêve éveillé et endormi. Grâce à elle, plus de mémoire de la trahison. Plus d'envie compulsive de s'en prendre, pour l'oublier, au corps des femmes. Plus de passé, hormis celui de l'histoire qui venait d'être commencée. Plus d'avenir non plus, sauf la perspective de connaître la fin du récit. Règne absolu de l'appétit. Immense stratège de la métamorphose, Schéhérazade en avait usé avec le conte comme la cuisinière avec le plat qu'elle mijote : elle avait noyé son destinataire dans le semblant d'éternité formé par l'espace qui sépare le désir du plaisir.

Et puisque les *Mille et une Nuits* ne soufflent mot de ce qui se passait dans la chambre, au matin, quand Schéhérazade cessait de distiller à Shahriyar son élixir de mots, je vais à mon tour reprendre le conte au fur et à mesure que la nuit et l'insomnie s'avancent. Pendant que le Temps continue à s'enfuir de ma théière et s'en va, par-delà la fenêtre, rejoindre la lune qui n'arrête plus de lui faire de l'œil, à mon tour je vais imaginer :

*

« ... Dès que l'aube avait gelé la langue de la conteuse, le sultan troussait ses voiles. Sur sa peau, il cherchait le parfum des épices dont elle venait de lui ressuciter l'arôme. Sur ses seins, à l'intérieur de ses cuisses, ses mains réclamaient les monceaux de fruits qu'elle lui avait fait entrevoir dans ces caravansérails et marchés qu'elle n'avait jamais vus mais qu'elle avait su dresser

devant lui, la nuit durant, comme autant de mirages tremblant sur la crête des dunes.

Et lorsqu'il s'aventurait dans les plus secrets de ses replis — c'était toujours la tête lourde des charrois des mots dont elle l'avait étourdi —, il voyait ruisseler les fontaines de confitures qu'elle avait imaginées pour lui dans les palais de Mossoul, il croyait croquer les cuissots transpirant d'or roux que l'ensorceleuse, dans le conte qu'elle venait de laisser en suspens, lui avait assuré que se faisait servir le cadi de Bagdad ; et boire les mêmes vins relevés, à la mode de là-bas, d'une pincée d'épices. La bouche desséchée d'impatience, le sultan cherchait alors à se désaltérer à son ventre, tel les errants du désert imaginaire qu'elle venait de lui faire traverser. Et, tout aussi inéluctablement que les Ali, Djafar, Ibrahim de ses contes, Shahriyar y découvrait l'oasis.

Le jour se passait à ces jeux jusqu'à l'instant fatal où, à l'approche du soir, les forces de la mort reprenaient le dessus et recommençaient à assaillir l'esprit tourmenté du sultan. Mais l'intuitive Schérérazade en était mystérieusement avertie ; elle reprenait aussitôt la parole et, toujours aussi patiemment envoûteuse, elle poursuivait le conte là où elle l'avait laissé. Elle commandait qu'on leur servît à dîner ; puis, au-dessus des coupes et des lampes, elle reprenait, inlassable, le cours de son histoire sans jamais se départir de sa prodigieuse hardiesse à imaginer.

La nuit, pourtant, était chaque fois dangereuse,

les mots pouvaient faiblir, le conte flancher à tout instant. Mais Schéhérazade avait l'art d'en esquiver les pièges, car elle possédait un secret qui était le suivant : ses phrases donnaient chair à ce qui n'en avait pas ; rendaient présent ce qui n'était pas là ; douaient de vie ce qui jamais, au grand jamais, n'avait existé en ce bas monde. Ainsi, il suffisait qu'elle dise « gâteau aux pétales de roses » pour que le sultan en sentît fondre sous le palais l'exquise suavité ; ou « sucre filé » pour qu'il vît s'étirer la friandise dans sa splendeur de soie. Car tel était aussi le sortilège : Shahriyar y croyait. Il fut même un soir où, devant une marmelade qu'elle avait fait cuire et recuire un jour durant selon une recette qu'elle était seule à connaître, Schéhérazade transforma leur dessert en héros de roman. Dans son récit de cette nuit-là, elle le métamorphosa en une confiture qui permit à deux amants séparés par le destin de se retrouver enfin au crépuscule de leur vie. Jamais, avant elle, on n'avait vu conteur s'offrir pareille audace. Le sultan en resta coi ; puis, comme il... »

*

Oui, c'est elle, Schéhérazade l'alléchante, que je voudrais ressusciter ici, dans cette pièce aimée où je vis tous mes bonheurs-de-langue, mes joies de bouche à longueur de jour, à profondeur de nuit. La belle envoûteuse, c'est elle que je voudrais voir surgir en cet instant du bec de ma théière, comme de la lampe d'Aladin. Et j'y crois si fort qu'à mon tour je regagne la mer ombreuse où se perdent, disait aussi Schéhérazade, les rivières des contes.

Le temps va à nouveau se noyer de désir en plaisir, car là-bas, tout au bout de l'océan des légendes, je finis par l'entrevoir, l'ensorceleuse, le dos penché au-dessus du brasero où elle garde ses plats au chaud, et la main à portée d'une fontaine ruisselante où, entre deux récits, elle s'en va rafraîchir sa bouche. Face à elle, la silhouette de l'envoûté. Les miroirs, les vitraux multiplient à l'infini leurs regards, le dessin de leurs lèvres, le reflet des chandelles. Peu à peu émergent de la pénombre les détails du décor : les céramiques, les marbres amis de la fraîcheur ; la découpe étrange des moucharabiehs, les moustiquaires qui éloignent l'insecte dont la piqûre ou le grésillement pourraient vaincre le charme des récits ; les tapis et les coussins en attente des corps vaincus par l'alchimie des saveurs et des contes égrenés au fil des heures. Dorment aussi dans l'ombre le coutelas de la haine et le poignard du traître — ils nous rappellent que l'amour, ici comme partout, est jumeau de la mort.

Enfin, voici les mots qui naissent, une fois de plus, en même temps que les mets. La cruauté du monde se dissipe, sa barbarie s'évanouit ; avec le faix de la bêtise, le souvenir du malheur.

Mais non, plus rien ne pèse, la grâce est là ; dans sa légèreté j'enfile à mon tour le collier des nuits. Feu sacré, désir de langue, débauche de gourmandises, histoires qui s'entremêlent aux récits et récits qui s'entrelacent aux contes, vins où macère le bouquet des désirs, charmes suspendus aux silences, minute sacrée des préludes, de l'enjôlement, de l'attente, du soupir, du revenez-y, voici qu'à nouveau renaît...

*

La bulle amoureuse et son parfum d'éternité.

À quoi ressemble-t-elle ? Je ne sais plus. Et puis il se fait tard, ici comme au palais de Schéhérazade, le jour commence à vaincre la nuit. Et la seule phrase qui me vient, à ce point de mes paroles et de mon bonheur-de-langue, est celle qui fermait le conte de ma belle envoûteuse : « Comme elle aperçut les premières lueurs de l'aube, la conteuse arrêta ici le cours de ses récits... »

Table

Composition réalisée par NORD COMPO

Achevé d'imprimer, en mars 2006 à Barcelone – Espagne par
LIBERDUPLEX
N° d'éditeur : 70197
Dépôt légal – 1re publication – avril 2006
Librairie Générale Française – 31, rue de Fleurus – 75278 Paris Cedex 06

31/1082/2